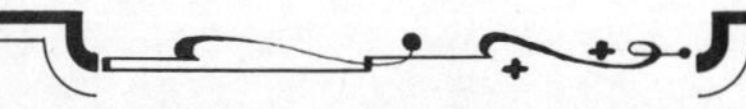

メディアワークス文庫

夜もすがら青春噺し

夜野いと

目　次

序幕

身を捨ててこそ浮かぶ瀬もあれ、ということわざをご存じだろうか。

何事も、どんな窮地も。自分の命を捨てる覚悟で物事に取り組めば、危機を脱し活路を見出せるといった、そんな意味があるらしい。

溺れかけた時、もがけばもがくほど深みにはまるもので、捨て身になって流れに身を任せれば、やがて浅瀬に立つことができる。

そんな意味から『身を捨ててこそ浮かぶ瀬もあれ』だそうだ。

然りとて、溺れるリスクは背負いたくない。

勇気をもって踏み出す一歩というのは、臆病者には大変難しいことなのだ。

それはどんな人にも言えることで。

この物語を読んでいるそこのあなたも、きっと。

第一幕　初恋の代償

「千駄ヶ谷くん。私、卒業したら東堂くんと結婚するんです」

一月二十二日、時刻は二十一時を回った頃。天赦日と呼ばれる今日は、一年で最上の吉日であり、二十二歳の僕の誕生日でもある。

そんなおめでたい日に僕、千駄ヶ谷勝は、皮肉にも七年もの間秘めていた初恋を見事、打ち砕かれた。

目の前にいるこの人は僕が人生二度もない想いを捧げた女性だ。この世で唯一、大好きだった女性が結婚するのだと、無情にも僕に向かって告げていたのだ。

左手の薬指には婚約指輪。しかも相手はあの東堂だと言われたらお手上げとしか言いようがない。

僕は現実が上手く呑み込めなくて、目の前に立つ彼女にただただ焦点を当てていた。

色白な肌に、細長い手足。身長は一六〇センチもないだろう。理知的な平行眉に、すっきり涼しげだけれど、色素の薄い黒緋に染まる瞳は大きく、くるりと上を向いた睫毛に縁取られた印象的な目はまるで吸い込まれてしまいそうなほど美しく可愛らしい。小さな顎の上にある小ぶりの唇が彼女の顔面パーツで唯一色っぽかった。

傷みも知らぬ黒髪のボブが印象的な彼女の名前は春町亜霧(はるまちあぎり)。高校からの同級生で、同じ大学を選び、たまたま揃(そろ)って田舎から上京し、所属サークルも同じという偶然というにはできすぎている偶然で同じ時間を共有することが多かった。

美麗さと可憐(かれん)さを持ち合わせた、僕にとって唯一無二の誇り高い初恋の人だ。

そんな彼女と東堂を引き合わせてしまったのはまさしく自分だった。

僕が彼女を追って入った演劇サークルに、東堂も楽しそうだと僕を追って入ってきたことがきっかけで二人は出会った。せめて演劇なんて選ばずに、お前を持てはやしてくれる飲みのサークル関係にでも行ってくれればいいのにと、あの頃、飽きるくらい願っていた。

未(いま)だに忘れない。履修科目がたまたま一緒で、たまたま隣の席で、大学に入ってはじめて話した相手が東堂だった。見るからにイケメンで、さらには陽の空気が漂っていて、全人類で一番苦手な部類だ……と決めつけた第一印象を撥(は)ねつけて「俺、東堂宗近(むねちか)。お前の名前は？」ってきさくに話しかけてきた。

外見で人を判断しないこの男はまさしく中身までイケメンだった。この時、偏見だらけの自分の考えがなんだか恥ずかしくなったことを今も覚えている。その上、東堂の母方が神職に精通していると聞いた時はギャップの暴力に慄いたものだ。

ひたすらにモテる男だったが、全くモテない僕とずっと仲良くしてくれた。東堂宗近は一言でいえば良い奴だった。そんな完璧な男と、いわば親友と呼べる関係にまで出世した僕は、最終的に東堂と春町さんとの関係に亀裂を入れるなど、そんな野暮なことができるわけがなかったのだ。

そんなこんなで二人を引き合わせた、さながらキューピッドな自分は、彼女の「結婚します」宣言で、お役御免という札を首にかけられてしまったというわけだ。

思えば、僕はずっと低空飛行のいわばダメダメな人生を歩んでいた。

犬も歩けば棒に当たるように、僕が歩けば鳩のフンが頭の上に落ちるし、息をすれば高確率で埃が喉に引っかかる。洗濯したら靴下は必ず片方がなくなるし、出先で傘を傘たてにおけば必ず盗まれ、水溜まりを避けようとすれば溝に足をはめる。こんな風に傷つくことを恐れて、好きな人を眺めてばかりの日々を過ごしていたら、結果、颯爽と大親友に初恋を奪われた。

今日は僕の誕生日だというのに、ちっとも縁起がよくない。こんな真冬に鼻水を鼻の下にべったりと凍らせてさめざめと涙を流して道端を歩いている姿は常人には惨めに見えているのだろう。

……畜生、畜生畜生！　飲んでやる!!

涙でぐちゃぐちゃの顔を上げ、僕は現実から逃げるようにして総武線近くの飲み屋を訪ねた。お酒にたいして詳しくもないのに、雑にあれこれ頼んでおいおいと泣きながら胃の中に流し込んだ。

呂律が回らなくなるほど、べろべろに酔っ払ったのは人生はじめてのことで正直酔っている間はこんなのもたまには悪くないなぁとまで思っていた。

視界の向こう側で満天の星が常に回っている。そのせいで、無限に流れ星が流れていて、ああ、贅沢だなあと、ふらつきながら呑気に空を掴むように遊んでいた。

露店の並ぶ細道を千鳥足で歩き「はいはい、どうせ僕は人生負け組だよぉ、ふざけんなよブァカ」と愚痴が口を衝いて出る。

そして口にしてすぐ東堂はこんなこと言わないんだろうなと我に返って、卑屈な自分が惨めになって涙が滲んだ。なんで僕は、いっつもこうなのだろう。眼鏡を外して目元を腕で拭うと同時に、足を滑らせて素っ転んだ。

――『千駄ヶ谷くん。私、卒業したら東堂くんと結婚するんです』

先ほどのあの瞬間が脳内で明滅する。ほろりと涙が零れ落ちた。

ぼやぼやと道が歪んでいる。空を仰げば星までもくすんでいる。これは酔っているから……酔っているからだと言い聞かせて、僕はこめかみに落ちそうになった涙をまた袖で拭った。酒で身体が温かくなっているのに、やはり心臓の芯が冷え切っているような気がした。

初恋は実らないって誰かが言っていたが、恋だの青春だのは今すぐ全部、側溝に投げ捨ててやる。クソくらえだって言葉を添えてな！

そうこう愚痴を言っている間に終電も疾うになくなり、僕は線路沿いに家路を辿っていた。ここから自宅は離れているけど、酔い醒ましにちょうどいい。

ただ肌寒い。さっきまで酔っていたから、感覚が狂っていた。「ぶへっくしょい」と今の惨めな僕にぴったりの不細工なくしゃみが飛び出した。これではダメだ、風邪を引く。

こんな時期に歩いて帰ろうという考えが間違っていたのだ。どこかの店でひとまず温まるか。と辺りを見回した先に一軒、ぽつりと物寂しい飲み屋があった。

まだ営業時間らしく、ラッキーとその店に足を運ぶ。そして営業中という、木の看板を視界の端に映しながら入口の戸を横に引いた。

カラカラカラ、と乾いた音が鳴る。「うぅ、あったか」と思わず身を震わせた僕の声に、「だぁーかぁーらぁー！」と誰かの憤った声が重なった。

「ちゃんと払うって！　信じてよ！　信じる人がいる限り、この約束は絶対有効だからさぁ！」

「なーにが信じてだ！　困るんだよ!!　あんた！　この前もそんな風に意味不明なこと言って飲み代を払わなかったじゃないか!!」

「だからそれは、タイミングってやつがあってだねえ？　いやほら、これも何かの縁だと思って、今回もツケにしといてって！　絶対に倍にして返すから！　万馬券買ったつもりで！　なんなら大船に乗ったつもりで!!」

「そんな大博打（おおばくち）、誰が打つっつーんじゃ!!　こっちが下手に出てたらいい気になって、いいか!?　あんたのことは今から警察に突き出す！　今後、この通りの店に一切顔出しできないよう、徹底的に手え回すからなぁ！　この無銭飲食常習犯！」

ツルツルの頭をした強面（こわもて）の店主が、レジ前でお客と言い合っていた。女性、だろうか？　あんまり上品とは言（い）い難（がた）い口調で口論をしているその人は僕と年齢が近しい装いをしている。

「待ってよ！　まだ食い逃げしてないんだけど!?」

「じゃあ、今すぐ払えんのか？」

「うっ！」

少ない客が二人のやり取りを見ている。今し方来店した僕の存在なんて彼らにとっては気づくにも値しないのだろう。完全に声をかけるタイミングを失った。

いいや。勝手に座るか。そんな気持ちで歩を進めようとした瞬間、口論をしていた彼女がちら、と僕の方へ視線を向けた。彼女の絹糸のような長い黒髪がその色白の頬にかかる。高く通った鼻筋に、上向きの唇。吊り上がった切れ長の目は茅色に光り、その美しい造形をした横顔に僕はごくりと喉を鳴らした。

なんていうか、月並みな感想だけど美人な人だなぁ。と見惚れていると「ぁ、あー!!」とその人はぎこちなく声を張り上げた。

「君ぃー！　偶然だねえ！」

「……へ？」

入口……否、自分のことを指差すその人に、間の抜けた声を上げてしまう。そんな僕に向かって、彼女はずんずんと迷わず目の前までやってくる。

僕は狼狽しながら「あなた、誰で……」とそこまで口を開いたところで思いっきり口を塞がれた。

「一生の頼みだ！　オレを助けてくれ!!」

小さな声で懇願される。声が出せない僕は、何言ってんだこいつ、と言わんばかりの目でその人を見遣る。

「店主！　今日はこいつが払ってくれるって！」

「あー？」

溌剌とした声で応えて、その人は僕の身動きを止めたままこちらを指差した。店主は眉根を寄せて、訝しむように僕を頭の天辺からつま先までじろじろと見てくる。いや、そんな顔するのは理解できるけど、僕は全くの無関係だ。もごもご否定する意味で首を振ろうとするが、なかなかの馬鹿力で振り払うことができない。

「なんだぁ？　お客さんが払ってくれるのか？」

「そう!!　それでいいだろう？」

「……金を払うなら、問題ない。前回のツケの分も合わせて、二万八千六百五十円。きっちり払ってもらうからな」

　店主は僕に向かって、じりじりと距離を詰める。口を塞がれたままの僕はその気迫に気圧されながら、な、なんなんだこの状況……とこの悲惨な一日をただ噛み締めるしかなかった。

「すまん！　絶対返すから」

彼女はわざわざ僕の耳元で呟いて、「頼めるか？」と顔を覗き込んでくる。無駄に端麗な顔が近づいて、僕はその茅色の目に吸い込まれそうになりながら、気づいたら頷いていた。

「…………」

しまった。

すっからかんになってしまった財布を覗きながら、僕は店先に茫然と立っていた。

「いやぁ、助かった助かった。ありがとう、青年！」

彼女は僕のあとから店を出ると、立ち尽くしたままの僕の背中を手のひらで打った。

あっけらかんとしたその口調に腹が立つ。なんて厚かましい人なんだろう。

「あったまるつもりで入ったのに……」

ほろ、とまた涙が滲みそうだった。そんな僕を横から覗き込みながら「そうだったのか、それはすまないことをした」とその人は軽く謝罪した。

「温まりたいなら、いい店を知っている」

「あんた……お金がないのに、何言ってんだ……」

「心配しなくても、お金は返すよ。ダイジョブダイジョブ」

「急に外国人みたいに話すなよ」

胡散臭い。苛立ちながらその人を見ると、長い髪を耳にかけてにっこりと微笑んだ。その表情があまりに予想外で毒気を抜かれる。

「これも何かの縁だと思って、付き合っておくれよ」

それは……あなたが言う言葉なのだろうか。疑問は喉の奥に落ちていく。何も言えずにただひたすらぼけっとしてしまう僕の肩を今一度叩いて「さ、お礼をさせてくれ！　青年！」とその人は天を仰ぎながら歩き出した。

すっかり酔いが醒めてしまった僕は溜息を吐き出し、もうどうにでもなれという気持ちでその人の後ろをついていく。石畳が続く小道には、ぼんぼりがあちらこちらに置かれていた。

なんだか趣のある道だなぁ、と辺りをきょろきょろと見回してしまう。そんな僕に気づいたその人が「なんだ、この辺ははじめてか？」と意外そうな声色で訊ねてきた。

「ああ、まあ……。あんまり降りないんで、この辺」

「……そうか」

間を空けて頷いて、その人は艶のある黒髪を手で払いながら先を歩く。

「この辺りは美しいから、ゆっくり見て歩くといい」

満天の星と相俟って、美しく、また懐かしくも感じてしまうその光景に見惚れてしまった。

　ぼんぼりが連なり、光に道案内されているような気分になりながら「なんか、いい場所ですね」と呟けば、「お、見ろ青年！」とその人は声を張ってこちらを振り返った。

「おでん屋だ。ちょうどいい。礼はあそこでさせてくれ」

「……えっ？　おでん屋？」

　あんなもの、さっきはあっただろうか。首を傾げているとその人は「さ、レッツラゴー！」と些か古い言葉を口遊みながら先を歩いた。いや、ちょっと待て。

「……あんたお金は⁉」

「ダイジョブダイジョブ、オレはあそこの常連だから！」

　まただ、その全く大丈夫に聞こえない口調。ふざけるのも大概にしろ、とその脳天に雷を一つお見舞いしてやりたい気分だった。

　青鈍色の半間暖簾には《味自慢　おでん》と記されている。趣のあるそれを豪快に潜り、細い木の椅子に腰かける。

「まあ、君もさっきまでどっかで引っかけてきたみたいだし。日本酒とかどうだ？」

飲んでいたのが見抜かれている。酔いが醒めたといっても僕の頭だけで、顔からはまだまだ酔いが抜けていないのだろう。

まあ、いい。僕は今日という日を忘れるくらい酔ってしまいたい気分だ。こんな夜だからたまたま出会った変人の酒に付き合っても、これ以上の罰は当たらないだろう。

頷いた僕にその人は「おっちゃん、熱燗(あつかん)ふたつ」と手を上げた。「あいよ」と低い返事が聞こえた。

「……って、がのじょいっだんでずよ、げっこんずるって」

呂律の回っていない口で、涙ながらに話す僕にその人は「ほう、ほう」とフクロウが鳴くように頷いてまた酒を追加している。

「ぼぐは、ぼぐはぁ、ずっとずぎだったのに……げっぎょぐ、よのなが、とうどうみたいな、みだめのいいやつががづんだぁ」

「おっちゃん、赤ワイン」

「あいよ」

「ぎいでるのが⁉」

「聞いてる聞いてる」

まるで適当に返事をする。僕は目が据わったままその様子を睨(にら)むように眺めたあと、腕に顔を埋めておいおいと泣いた。

「はげましはなんにもないのがぁ！　ぼぐはぁ、はづごいだったんだぞ！」

「あはは。励ましかぁ……面白いこと言うな」

　ケタケタと笑って、その青く透き通るような白い頬を上下させる。

　お猪口を持った手で「では一つだけ」と僕を指差し、首を傾げる。そのせいで絹糸のような黒髪の先が、奥行きのない屋台の長テーブルについた。

「勝青年」

　あれ？　僕、この人に名前言ったかと、蕩けた湯豆腐のような脳内でふわふわと考えていると、その人は僕に向かって直球にこう告げた。

「お前は、さっきから聞いていると東堂宗近という男に劣等感を抱いて話しているが、お前自身がその春町亜霧に何かしたことはあったか？」

「そ、それは……」

「確かに、見た目の差というのは大きい。世の中、外見さえ整っていればそれなりに安定した道を歩く者もいる。けれど、人間の価値は見た目で決まるわけではない」

「いや、あのっ」

「何故なら見た目に問わず自己顕示欲の塊である人間には、誰かに持てはやされたい、認められたいという欲求を必ず持っている。それ故に、自分をよく見せようとして、結局、醜態を晒すことを恐れて何もできずに人生を終えてしまう者もいるのだ」

一気にまくし立てたその人は、一度酒を呷るとカタンとテーブルの上にお猪口を置いた。僕は顔を引き攣らせたままその様子を眺めるしかなかった。

「要は、いい格好をつけたつもりが、全く格好がつかない。そんな舞台さえ用意できない。つまりお前のような人間のことを指す」

「……」

「見た目のいい奴もそれなりに努力して、努力を自信に変えて、自信を行動に繋げている。これまで何もできなかったのは、東堂宗近のせいでも、春町亜霧のせいでもなく、たった一人。お前だけの責任だ」

辛辣な言葉の槍が僕の心をぐさぐさと容赦なく突き刺していく。励ましどころか叱責されている。

「東堂宗近と友達になったのが悪かった？　二人を出会わせたきっかけを作ったのが悪かった？　いいや、何も行動を起こさなかった自分が全て悪い。今のお前を作ったのは全て過去の自分というわけだ。タイミングのせいにするんじゃない」

その人の茅色の目が、星が流れたようにぎらりと光る。気圧されているような気分になり、僕の目には涙の膜が張っていた。

「タイミングというのはいわばきっかけに過ぎない。そのきっかけをどう転がすかは全てその時まで努力してきた自分自身にかかっている。それを上手く転がせなかったのであれば、結局お前が過ごしてきた日々はその程度のものだったというわけだ」

僕は悔しくて下唇を噛む。今にも鼻水まで出そうだ。世界一醜い顔をしているだろう僕を、その人は目を眇めるようにして見たあと、ふ、と口元で小さく笑った。

それだけでわかる。馬鹿にされた。一気に死にたくなって、さらにそんな気分を通り越してふつふつと怒りが湧く。

くそ、くそう、くそう!! なんで見知らぬ女にここまで言われなきゃならないんだ!! ツケまで払わされてこんなこと言われる筋合いなんて毛頭ない!

と思いつつも、何も言い返せない。

「で、それらをふまえた上でひとつ」

赤ワインがテーブルに置かれる。どこからどう見ても昔ながらの屋台に似合わぬ洋風のグラスに違和感を抱く。そんな珍妙な組み合わせをちっとも気にしないまま、その人は優雅にそれを揺らした。

「お先真っ暗だと、おいおい泣く勝青年に朗報だ」

些か空気が軽くなる。この期に及んで朗報とか、言葉運びを間違っていないか。と突っ込みそうになった時、

「オレを助けてくれた礼にお前の願いをなんでもひとつ、叶(かな)えてやろう」

その人は、確かにそう告げたのだ。

茶化されている。僕がこれだけ真剣に悩んでいるというのに、簡単にそんな冗談のようなことを提案するんだ。間違いなく、ふざけている。

「ふ、ふざけたことを言うな！　なーにがなんでもひとつだ！　どうするんだ！　僕が、そうだな～じゃあ億万長者にしてくださーいっ！　て言ったら⁉」

「お前が望むならなれる。ただし、誰かの心を変えたいとか命を助けたいとかは無理だぞ？　物事の道理や秩序を無理矢理捻(ね)じ曲(ま)げてしまうのは理(ことわり)に反してしまうからな」

「自分の飲み代も払えない人に言われても信じられない！」

「はっはっ！　それは痛いところを突かれたな」

溌剌と笑いながらワイングラスを呷る。正直、その見た目ならお猪口より、そういう洋風のグラスの方が似合っている。

「ま、信じる信じないはお前次第だ。願うのはお前だからな」

よくもまあ、そんな簡単に……と思う。馬鹿にするのも大概にしてほしい。おかげで酔いが醒めてしまいそうだ。

「あのなぁ、どこの世界に見知らぬ人間に願いを叶えてやる、と言われて素直に本気でお願いできる奴がいると思うんだ！ 大抵が冗談だと思うに決まって……」

「人間じゃないぞ」

「……は？」

「オレは人間じゃない。神だ。ここから遠くない神社の祠を依代にしてる」

これまた素っ頓狂なことを言っている。この人、実は酔っていない振りをしているだけで、本当は相当に酔っている。しかも手遅れなほどに。

「あ、あんた……さては酔っ払ってるな……？」

「このオレが？ まさか！」

はっ、と盛大に鼻で笑って、そいつは牛筋を豪快に串から齧り取った。何もかもがアンバランスなその人に、僕は「な、なら……ハッ⁉」と口元を押さえた。

「まさかお前……薬でもキメてるのか……？ それとも、その年で中二病でも患ってるのか……⁉ なんて可哀そうな！！！ その美しい見た目が泣いてるぞ！」

「失礼なヤツだな。純粋に受け止めろ、子供の頃の気持ちを思い出せ。ま、確かにオレは美しいがな！」

「受け止められるわけないだろー！！！」

狭いテーブルを叩き、僕は立ち上がった。皿は弾み、僕の近くにあったお猪口は椅子の上に落っこちた。その人は倒れかけたグラスをひょいっと手に取って「危ないな」とまたワインを呷っていた。

「どこからどう見ても人間じゃないか！　そんな奴に、『オレは神だから願いをひとつ叶えてやろう』って……そもそも義理も道理もないのに、人間ひとりの願いをそんな軽々しく叶えてやろうなんて神様がいてたまるか！」

「義理ならある。さっきお前に助けてもらった。一宿一飯の恩義とは知らんのか。ちょっとした世話でも、困っている人を助けた事実は変わらない。オレは助かった、故にお前に礼がしたいというわけだ」

「……」

「それだけじゃダメなのか？　人を助けるのにそこまでの理由が必要なのか？　ならばもう少し深く答えても構わないが、お前が思っているより遥かに長い話になるぞ」

ひとっつも顔色を変えないまま、その人は淡々と告げた。僕は何も言い返す気力が残っていなかった。

もういい、百歩、いや、一億歩ほど譲って、こいつが神だと仮定しよう。あとから悪ふざけでしたって言われたら、さっきのツケ代を利子付きでぶんどってやるまでだ。

「……お願いって、どの範囲までオッケーなんですか」

「どこまででも。さっき言った類いのもの以外なら」

「……例えば、なんですけど」

僕が大人しくそう言ってストン、と椅子に腰を落とす。

「大学四年間を、やり直すことができたりするんですか」

「……ふむ」

そいつは頷きながらグラスを空にする。そして「場所を変えよう」と笑みを湛(たた)えながら立ち上がった。

おでん屋をあとにして、その人は僕を橋名板に佳月橋(かげつきょう)と書かれている橋まで連れてきた。

おでん屋から去る際に、「お勘定は」と言ったら「大丈夫、ツケだツケー」とその人は適当に答えていたけど、店主も何を言うこともなく「まいど」と僕たちを見送った。

「お、おい、一体どこまで……！」

「この辺でいいだろう」

月明かりが、橋の下でゆるやかに流れる川に反射している。こんなにも平和な闇の中で、僕が思わず口を開いたと同時にその人はこちらを振り返った。

ぼんぼりの灯りがこんなところにまで続いている違和感を頭の片隅に置きながら、僕はその美しい羽衣のように揺れる彼女の髪を眺める。

「そんなにやり直したいか？」

「……そりゃ、できるなら」

「そうか、なら」

茅色のその瞳が、空に瞬くどの星よりも神秘的に光り、僕は無意識に呼吸を止めた。そして、浮世離れしたその姿に数秒ほど見惚れていると、こう告げられた。

「まずここから、死んでくれ」

「…………は？」

突拍子もない提案に間の抜けた声が出た。橋の下を指差すその人に、何度か目を瞬かせる。

「なに、冗談言って……」

「冗談じゃないぞ。……ん？　勝青年。君はまさか、なんのリスクもなく時間をやり直そうとしているのか？」

ケタケタと笑って、その人は橋の下を見下ろしたあと音もなくこちらに目を向けた。その表情にどこかぎくり、と肩を揺らしてしまう。

「いや、だって、普通に考えて……時間戻すとかあり得ない、というか」

「そうか。ではお前は、自分可愛さに彼女のことを諦めるというんだな」

「いやそうじゃなくて、僕は常識的に考えて……」

「彼女をどのくらい好きだ？　どれくらい愛している？」

「は、はぁ!?　なんでいきなりそんなこと……」

恥ずかしさに頬を赤らめた僕に「いいから答えろ」とその人は有無を言わさず遮る。

「そ、れは……」

思わず言葉に詰まった。簡単に口に出して表すことができないほど、僕は春町亜霧を慕っていたからだ。

「オレは、君が彼女に対してどんな気持ちを抱いていて、どうしたいのかだけを聞いている」

「どんな……」

「彼女を死ぬほど愛しているのか。身を焦がすほど恋焦がれているのか。その人生を捧げてでも、一緒にいたいと思える相手なのか」

僕の近くまでその人が歩を進める。緩慢な動作のせいで、時の流れがやけに緩やかに感じた。

「要は彼女のために命を懸けられるのか、と聞いている」

張り詰めるような冷え切った空気だった。同時に春町さんの顔が明滅し、僕は唇を嚙み締める。

何もできなかった年月を思った。勇気を振り絞れなかった過去の自分を憎んだ。

僕は何も変われなかった。たくさんの時間があったはずなのに、振り返ってもそこに残ってるのは臆病な自分と、一歩を踏み出すこともできずに日々後悔している自分だけだった。

「……かけ、られる、かけられるさ……」

声が震えていた。涙をこらえていた。

「ぼ、くは……僕はっ！　彼女のことが本気で好きなんだ！」

ダメ元でもいいから気持ちを伝えればよかった。お幸せに、って、逃げずに笑って見送れるくらい、強くて清々しい男になる努力をすればよかった。そうすればきっと諦めがついたはずだ。

けれど、僕はこれでよかったと思えるほど努力をしていない。逃げ道を作って、どうせ僕は東堂に劣るからって、勝手に諦めていたせいで、こんなにも女々しい男になっていた。

「すきだから、もっと、頑張りたかった……もっと、頑張れば、よかった……のに……わかってるのに、なんで、」

頑張れなかったんだろう、と涙交じりに言葉が尻すぼみになる。

「そうか」

そんな僕にその人は静かに頷き、目を細めながらその綺麗な唇で三日月のような弧を描いた。

ゆっくりと微笑むその美しさに一瞬惚けてしまい、僕は完全に動きが止まった。

そんな僅かな隙をついてその人は僕の胸倉を思いっきり掴み上げると、勢いよく夜空に向かって僕の身体を投げ捨てた。

放物線を描き、僕の身体は見事に橋の外へ投げ出される。

「ならば」

美しい満天の星が視界一杯に広がる。

僕は仰向けになりながら、その人の人並外れた腕力に疑問を持つことや、なんてことをするんだこの外道！　という怒りを感じる間もないまま、真っ逆さまに橋の下へ落ちていく。

かけていた眼鏡が見事に顔から浮き上がりそうになった。

そんなスローモーションの世界で、僕が伸ばした手を取ることもないまま。

その人は、笑ってこう告げた。

「頑張ってこい。大事なのは踏み出す勇気だ」

月夜の綺麗な晩だった。

秒針が、進む。

「ぎっ、ぎいやあああああああ！」

僕の劈(つんざ)くような悲鳴とともに。

僕はその夜、とんでもない変人に、命を奪われたのだった。

第二幕　青春は痛く、ほろ苦く

水の中に沈められたような息苦しさに目を覚ますと、僕は自分の顔を本当に浅い水の中に埋めていた。

「ぶはっ、げほっ！　げほっ!!」

「千駄ヶ谷くん、何してるんですか!?」

「へっ……!?」

倒れ込んでいた僕は慌てて身体を起こし見回す。けれど、水に濡れたぼやけた視界で状況を把握するのは酷く難しく、既にびしょ濡れになっているシャツを摑み上げ、自分の顔から細いフレームのある眼鏡をとって、ごしごしと拭いた。

そして、水滴のついたままの眼鏡をかけ直し、今一度辺りを見回す。どうやら、ここはどこかのプールの中らしく、辺り一面が古ぼけた水色だった。

僕が倒れ込んでいたのはプールのおおよそ中心、水は足首程度まで張られていた。そんな小さな子供でも溺れることがまずないだろう、ただただ浅い水の中で僕は危うく溺れかけて死ぬところだった。

何がどうなったんだ……と思い返そうとしても、頭がじんじんと痛くてすぐに思い出せない。僕は再び辺りを見回しながら、輪郭のない記憶の中で、ああ、ここは僕の高校に似ているな。と手のひらを拳で打ちそうになった。

そして、「千駄ヶ谷くん⁉」と声をかけられて、はっとしながら振り返った。

「大丈夫ですか⁉　盛大に転んでましたけど」

「へ……えっ⁉」

愕然（がくぜん）とする。な、なんで……！　と見開いた目で、その姿を凝視しながらも、僕は頬を抓（つね）った。痛い。あれ、なんだ？　これは夢か？　いや、これは夢ではない。いや、そんなはずはない。

だって僕はこの光景を過去に見たことがある。

「たんこぶ、できてるんじゃないですか？」

屈（かが）んだ彼女が、その蠟（ろう）のような白い手を僕の頭に向かって伸ばした。その際に、優しさを孕（はら）ませた花のような香りが僕の鼻孔を擽（くすぐ）る。

そういう接触に対して免疫のない僕は「ふぇ？」と頼りない声を上げてしまい、恥ずかしさで死にたくなった。女子か！

そんな後悔に苛（さいな）まれながら、僕は、神と名乗ったあの女と最後に見た星空とほとんど変わらない夜空の下、高校生時代の春町亜霧と二人きりになっていた。

「だだだ、大丈夫……です」

「？　どうしたんですか？」

なんだこれは。どういうことだこれは。というか！　今、頭を触られたぞ⁉

そう思いつつも、なんとか首を振った僕に、彼女は眉根を寄せて不思議そうな顔をする。

まだあどけなさの残る彼女は大人になった僕からすれば、綺麗というよりも愛らしさが勝るとはいえ、それでも緊張するには十分な美しさを携えていた。

どうして、こんなことになっているのか。

確か、高校一年生のはじめての文化祭で僕たちのクラスは、後夜祭にプールを使った光のアートをする予定だった。僕は人見知りをいいことに文化祭の実行委員を押しつけられ、女子生徒は春町さんが選ばれていた。

昼間では確認できない灯りの加減を日が落ちたあとに確認するために、先生の許可を取り、あの頃、夜の学校で春町さんと二人で作業をしていた。

「あの、本当に大丈夫ですか？」

「だ、大丈夫！　大丈夫……」

アハハ、と笑い飛ばそうとする僕を彼女はやっぱり訝しげに見下ろしながら「んん？」と首を傾げていた。あ、しまった……この時代の僕はこんな容易く笑わない。

「あ、えっと、何……か用、ですか？」

できる限りこの頃の僕に寄せて話しかける。そんな僕を「何かって」と怪しんで見つつも、プールの端の方を指差した。

「ライトの間隔。あんな感じでいいと思いますか？　……ってさっきも聞いたんですが……」

「あ、ああ、いいんじゃない……ですかね、はい」

ぎこちないまま頷く。そんな僕に「ん～？」と目を眇めながらも、彼女はまた作業に戻るために僕から離れていく。

彼女が歩を進める度、足先で弾く水が音を鳴らす。未だ現実を受け止めきれていない僕は、その音を耳にしながら確認するように彼女に目を向けた。

彼女の、ちょうど肩につくくらいの黒髪がライトの灯りで白菫色に輪郭を縁取られている。ここから見える綺麗な横顔が薄暗い空の下では青白く光って見えた。

「じゃあ、配色は？」

唐突に訊ねられて、「へ？」と素っ頓狂な声を上げたのち、慌てて首を縦に振った。

「ああっ！　い、いい、と思う！　思います！」

明らかに不自然な頷きだ。だって仕方がないだろう。僕にとってこの瞬間が、まるで本当だと思えない。未だ夢見心地だ。

思わず天を仰ぎ、この摩訶不思議(まかふしぎ)な状況に戸惑いながら、どうするか迷っていた。

空は相変わらず暗い。朝日を見たのは随分遠いことのようにも思えた。

そういえば、僕はこの時彼女に、とても配慮のない質問をしたことがある。それは、確か……。

「〝もう暗いですけど、お家(うち)の人、心配しないんですか〟」

と、いうようなことを言ったはず。

「え……」

「え？」

僕はプールの底に尻をつけたまま、夜空から再び彼女に顔を戻した。そうして数秒ほど固まったあと、「あっ」と慌てて立ち上がろうとした。

「ち、違うんで……ぶふっ！」

つるりと足先が底のぬめりにとられて、僕は再びプールに向かって顔からダイブした。顔をぶつけることはなかったものの、眼鏡がずり落ちる。あまりにも散々な姿だが、僕はまた慌てて顔を上げた。何故ならこの頃の彼女に〝してはならぬ質問〟を口にしてしまったからだ。

「……いいえ」

ぽつりと答えた彼女に、僕は眼鏡をかけ直す手が止まった。ぽたぽたと前髪からしたたる水滴が、僕の視界を狭くした。

「心配なんてしません」

いつもは目を合わせて話す彼女は、あの時と同じように目を逸らしたまま答えた。しまった……。彼女の家庭環境が複雑であることはわかっていたはずなのに。最悪だ、どうして話題に出してしまったんだろう。

「で、でも……わからないじゃ、ないですか」

僕はぎこちなく告げてみた。昔の僕なら『はあ、そうですか』と言っていたところだが、今の僕は違う。精神年齢は二十歳を超えた立派な大人だ。何か、こう、上手いことは言えないだろうか。そう、彼女の心をぐっと虜にできるようなとっておきの一言を！

「その、家族は家族だし……春町さんが、思っていることを、素直に言えたらきっと、ご両親も……」

「それは千駄ヶ谷くんに、関係ないでしょう」

ぴしりと僕は固まった。まだ九月になったばかりなのに、一気に凍えた。

「で、でも春町さん……言いたいこと、ってその、言える時に言わないと、伝わらないというか……伝えられなくなるんです」

今の僕のように。僕なんて、今や想いを告げることすら許されなくなってしまったのだから。

「だ、だから、春町さんも、思ってることを、こう、ずばっと……相手に、言えることができたら、その……誤解とか解けると思うし……」

ああ、ひたひたと腰を濡らしているプールの水が気持ち悪い。長ったらしい僕の言葉を、齢(よわい)十五、六の彼女がどんな思いで聞いているのか考えるだけで胃が痛くなる。

「そしたら、みんなで、食卓囲んで、揚げ饅頭(まんじゅう)食べるみたいなことも、できるし」

彼女は逸らしていた目をこちらに向けた。黒緋に染まる目が、ライトの光を孕んでゆるりと光っている。その様は幻想的で、思わず吸い込まれてしまいそうだった。

「じゃあ、思っていること言いますけど」

「は、はい……」

「千駄ヶ谷くん、オジサン臭い」

「…………」

ぴしりと身体が固まるパートツーである。衝撃だった。僕はついにオジサン認定をされてしまった。ぼ、僕はまだ二十二歳になったばかりで……いや、彼女からすると確かにオジサンかもしれない。なんで過去に来てまで印象を下げなければならないんだと、意気消沈していると「ぷっ」と彼女が噴き出す声が聞こえた。

「あっはは、食卓囲んで揚げ饅頭って……千駄ヶ谷くん、変なの」

「……へ？」

口を半開きにしながら固まっていると、彼女は「嘘です、嘘。冗談ですよ」と言いながらも笑いが止まらないらしく、数秒おきに「あははっ」と肩を揺らしていた。

こんなに大笑いした彼女ははじめて見た。過去にも未来にも、一度もなかった。こんな風に、意外と底抜けに笑う人なんだと思った。

僕は過去、彼女の家のことを聞いたあと、なんとなく居心地が悪くて、「どうして、文化祭実行委員に立候補を？」と訊ねたことがある。すると彼女は、「人付き合いが苦手でそれを克服するために、立候補したんです」と答えた。

凄く簡単だが人との関わりをそんな風に受け止めていけるなんて、どんなに立派な子なのだろうと。こんな人間になりたいと。僕は心臓をキューピッドの矢で射貫かれると同時に尊敬の念を抱いたのだ。恋のはじまりなんてそんな些細なものだった。

だが、あの頃の僕は、この子のことを表面的な部分でしか見ていなかったのかもしれない。彼女はこんなにも、可愛らしく笑うのに、僕は今の今までそれを知らなかったのだから。

「そうやって、笑ってみたらいいんじゃない、かな」

彼女の顔からするすると気が抜けるように笑顔が消えていく。ま、また余計なことを言ってしまった……。

僕はもしかしたら唇を縫いつけて黙っていた方がいいのかもしれない。もはや半泣きになって、プールの底に正座をしていると、彼女が「千駄ヶ谷くんって、将来の夢は決まってますか？」と口を開いた。藪から棒になんだろう。

「私は本に携わる仕事がしてみたいんです」

「本？」

「本の世界って思考が自由になるじゃないですか。その分、人の気持ちが相手よりわかったり、どうしてこの時、この人物はこういう行動をしたんだろうって想像力を働かせたり」

「……えと、それは、つまり？」

「私、感情を表に出すのが苦手なんです。顔に出ないから、何を考えているのかわからないって、いろんな人に言われて、だから、その分思ったことははっきり言おうって、気をつけてますが、それだけじゃ上手くいかないことが多くて……」

「………」

「本は感受性を養えるっていうから、自分の心を養いながら、自分の感情も相手の気持ちも、汲み取れるような人になることが私の夢なんです」

大人になったら何になろう、とか。あれもいいな、これもいいな、とか。

そんな漠然とした興味を示しながら、結局のところやりたいことも大学卒業まで見つからなかった僕とは大違いだ。

見た目は確かに綺麗だけど、同級生で特段、目立つわけでもない。僕よりもうんと年下の彼女が夢を語る姿がただただ眩しかった。

プールに薄く張られた水が、また軽く音を立てた。ちりばめられたライトが、彼女の輪郭を仄かに照らし、眩さを増した。僕には一生、手の届かない存在のようにも思えた。

胸が締めつけられる。僕はもっと勇気を出して、いろんなことを言葉にして、彼女とたくさんの話をしていくべきだったのかもしれない。そうしたらまた、違った未来が迎えられたり、仮令、望み通りの未来が迎えられなくとも、もっと後悔のない現実が待っていたりしたのかもしれない。

どれだけ悔やんでも、遅いのに。僕は今更歯を食いしばった。食いしばって、滲む涙を指先で拭った。ぼやけた視界の先で、もう本当に手の届かなくなってしまった初恋が揺らめいている。

「どうかしましたか？　千駄ヶ谷くん」

彼女が再び、困惑したように僕の名前を呼んだ。

柔い声が、どうしようもなく青い夜に響く。

この時の彼女も、この頃の僕さえも知らない時間が、僕の心を抉っていく。

「いや、すごい」

もう十分わかっていたつもりだった、思い知っていたつもりだった。

「素敵だな、って思って」

けれど僕は、まだ自分がどれだけ彼女のことを好きだったのか、知らなかったのだ。

震えた声とともに、プールの水が滴る前髪から雫がぽとりと落ちて、僕の頬に伝った。

生暖かさを孕んだそれがぽたぽたと下に向かって落ちていく。

彼女が僕の近くまでやってくる。その姿を見上げながら、もう手の届かない存在だと思うと雫が、涙が溢(あふ)れて仕方がなかった。

好きだなぁ、やっぱり。この人のことが、どうしようもなく。

「……すきだなぁ」

「え……？」

「……へ？」

固まった僕らの間に疑問符が飛び交う。心底びっくりしたような顔をしている彼女に、僕は「あ、いやっ」と言い訳交じりに慌てて立ち上がろうとしたところで、再び足を滑らせた。あ、やばい。

ひっくり返るように背中側に転ぶ。ああ、情けない。僕は何度、醜態を晒せば気が済むのだろう。

まるでスローモーションになった世界で「あっ…」と手を伸ばす先に春町さんがいる。これは夢の類いだ。〝この〟彼女にきっと、もう二度と会うことはない。

それを本能的に感じて、僕はその光景を目に焼きつかせながら、美しい夜の世界にまた背中からダイブした。

ゴチンッ、と。これはもう頭がかち割れたな、と思わざるを得ない鈍い音が後頭部に響く。

そうして僕は「千駄ヶ谷くん⁉」という彼女の悲鳴とともに、そのまま意識を手放したのだ。

はっと、目を覚ますとそこは自分の部屋だった。

ぐらぐらする意識の中で咄嗟に後頭部を触る。痛い。

え、今度はなんだ、と思って足元を見る。すると、そこには雑誌が一冊、僕の足に踏まれて見るも無残にぐしゃぐしゃになっていた。

どうやら僕は、この雑誌を踏みつけて後ろに転んだらしい。畳の上で「いってー……」と頭を擦りながら、何げなく雑誌の発行日に目を向けた。

そして両手でそれを握り直しながら「えっ！」と思わず声を張った。

「よ、四年前……」

すぐさまスマホを探す。部屋の隅には僕が以前使っていた型の古いものがあって、急いで日付を確認すると、四年前の四月二十五日と表示されていた。……ということは、高校生ではなく、今度こそ間違いなく、僕はあの女に頼んだおおよそ四年前に戻された、のか？

僕は慌てて支度をして、自分の住んでいるアパートを飛び出した。日が沈み、空には星がちかちかと瞬いている。

また夜か。と思いながら、駆け出す先はあの女と出会った飲み屋だった。

電車に乗って、駅を降りて開けた道路を駆け出す。

いや、ここにあの人がいるなんて保証はどこにもないけど、なんだかこの辺で飲み歩いている姿が想像できる。

きょろきょろと辺りを見回していると「お客さん！　困るよぉ!!」と春の夜空に響き渡る怒号が聞こえた。

ああほら。やっぱり、いた。

「そこをなんとか頼むよ！　おっちゃーん！　この前は気前よくまけてくれたじゃないか！」

「それはあんたの手持ちが足りなかったから、今度返しにこいってことで帰らせたんだ！　今回も足りないとはどういうことだ！」

「じゃ、じゃあ！　今回も見逃しておくれよ！　このツケは必ず……」

「ダメだ！」

この前とはまた違う飲み屋だった。店先で店主と言い争うその女は紛れもない、あの人だ。

「いい加減、警察を」

「ちょ、ちょっといいですか!?」

話の間に入るのは得意じゃない。でもこれ以上時間をとられてしまっても仕方がない。僕はぎこちない笑顔でその間に割って入った。

「こ、この人のツケ、僕が払うので……今回は見逃してくださいませんかね？」

「ああ？」

その額に巻いた鉢巻きでいかつさが増す店主とその女は、目をぱちくりさせて、僕を見た。

ああ、こいつのおかげで僕の財布はみるみるすっからかんになっていく。大学一年生になりたての僕には、かなり痛い出費だろう。ごめん、この頃の僕……と涙ながらに店先で項垂(うなだ)れていると、物珍しそうな顔をしながらその女がじろじろと見てきた。

「こんなこともあるんだなぁ。親切な若者に助けられる夜とは」

「……いや、少しは学習したらどうなんですかね」

僕は苛々(いらいら)と、足を踏み鳴らす。だがそんな僕のことを、その人は未だ他人事(ひとごと)のように眺めているので、もどかしさからさらに悪態をついてしまった。

「ほんっと信じられませんよ、この飲んだくれ神野郎」

「……………」

その表情が、はた、と止まる。口を滑らせた僕も思わず、あ。と動きを止めた。

いや、話を聞くためにここに来たのだから、別に僕は間違ったことを言っていないわけだが、この人からすれば、僕の発言はきっとよくわからないもののはず。

「……詳しく」

その形の良い目がゆっくりと細くなる。僕の肩は、この人にがしりと握られた。逃げるな、と威圧されている。

「聞かせてもらおうか？」

キラキラ、という効果音がつきそうな笑顔を向けられる。僕は引き攣った顔でコクコク、と頷いた。

「……ほう。今から四年後のオレが？」

「そうですよ。礼に僕の願いを一つ叶えてくれるって言ってくれたんです！　説明が少なすぎて、頭がついてってないのが現状なんですけどね!?」

「なかなか面白い話だ、未来のオレもなかなか粋なことをするな」

感心したような声を上げて、そいつは顎を親指と人差し指で擦っている。僕は「面白い話とかじゃなくて本当の話なんだよなー!」とわしゃわしゃと頭を掻いた。

「まーまーそう神経質になるな。誰も信じてないとは言ってないだろ」

ニッと微笑まれて、じとっとした半眼で睨んでしまう。なんだろう。凄く手のひらの上で転がされている感が否めなくて苛立ちが募る。

「それにしても四年前に巻き戻して初恋をやり直し……とはお前、顔に似合わずなかなかロマンチックなことをする男だなぁ」

あなたが言い出したことなんだよな、願いを叶えてくれるって。と思ったが、何も言えない。この人にとっては、僕と出会う前の時間なのだから、何を言ったたって無駄なのである。

「そんな簡単に言ってますが、どう考えても時間をやり直すって、あまりにファンタジーすぎて、そもそもどうやって時間を戻して、ここから元の時間に帰るのかもわからないんだ……一体どういったロジックがあるのか……」

「それはまあ……〝痛み〟じゃないか」

「痛み? でも、何度も転んだりしたけど……僕がこうして時間軸を移動したのは頭を打った時くらいで……」

「青い春というものは痛いからこそ価値がある、故に誰かに知られることもなく胸の奥にそっと仕舞っておきたくなるものだ。そうは思わないか？」

尤もらしいことを言っているようで、結局は答えになっていない気がする。じと、と睨みつければ、その人は空を仰ぐように笑ってその長い髪を揺らした。斜線を引くように美しい黒髪が夜の空気を裂いていく。

はぐらかすように「しかし」と続け、その人は僕に再び視線を戻した。

「少年、君はこんなところで時間を潰している暇があるのか？　せっかくの願いを棒に振る気なら構わないが」

「いやそれはそうなんですが、僕は一体何をしたらいいのか……」

「オレはな、遠回りは好きだが無意味なことはしない主義でね」

「は……？」

「〝今日〟は何かある日だろう。自分の予定はわからないのか？　オレは無駄が嫌いなんだ。だから、ただ何もない日に少年を戻すなんて、そんな阿呆な力の使い方はしないんだよ」

「予定？　……あっ！」

四年前、大学一年生の四月二十五日の夜。忘れもしない、この日は確か……。

「新歓コンパ!!」

春町亜霧と東堂宗近を出会わせてしまった、サークルの……あの憎き新歓コンパのある日だ。

思わず目を向けた僕に、その人は「やはりな」と鼻高々に笑う。それにほんの少しイラっとしつつ「無駄が嫌いって……まるで似合わない言葉……」と小さな声で呟けば、ぴくりと耳を動かしていた。

「悪態をついている暇があるのか？　お前がいない状態でも、お前の想い人と親友とやらは今頃出会ってしまっているのではないかな」

ぎくっと肩を跳ね上げ、僕は暫し考えたあと「あー……もうっ」と踵を返した。どうして過去に戻ったのにこうして時間が進むんだ。いや当たり前なんだが、矛盾している気がしてならない。

まだ状況の整理もままならないまま「くっそー！」と走り出せば、「おーい！　勝少年!!」と既に離れた距離にいたその人が声を上げた。というか僕、名乗ったか？

「時間には必ず制限がある！　生きとし生けるもの、永遠なんて存在しない。今この瞬間を大事にするかは、今を生きているお前にしか判断できない」

「……」

「それだけは、忘れるんじゃないぞー!!」

しなだれた枝のような白い手をぶんぶんと振り、その人は少し息を弾ませた僕を見送った。その姿を縁取る冬の名残を孕ませた春の夜空は、どこか柔い紺青をしていた。

《20:00～　演劇サークル　真夏の夜の夢　様》

電車を二つほど乗り継いで、駅の改札を出て十分ほど歩くと、そこには海鮮居酒屋があり、確かにそこの座敷席で新歓コンパを行った。

あの日のことを後悔してばかりの僕は、思い出すまいとこの居酒屋の系列店すら避けて生きてきた。……というのに、まさかこんな形で再び訪れてしまうとは。

店先に立てかけられたブラックボードには、今日から四年ほどお世話になるであろうサークル名が書かれていた。

ちなみに〝真夏の夜の夢〟はインカレサークルの団体名だ。かのウィリアム・シェイクスピアの喜劇からつけられたのだと、サークルの先輩が言っていた。

通称〝なつゆめ〟とも呼ばれ、毎年十二月公演という大きな舞台を開催しているため規模も大きく、所属する学生も多いサークルだった。

僕はそのブラックボードを眺めながら、上がる息を整えていた。

このタイミングこの時間に、僕は何故、戻ってしまったのか。思い浮かぶ答えはただ一つ。そう、春町さんと東堂をなんとしてでもここで出会わせないことが重要だ。

僕は、この恋をやり直すために、悪魔にだって、あのヘンテコな神様にだって命を売れるのだ。心を決めろ！　いざ立ち上がれ、男！　千駄ヶ谷勝！

やるぞー！　と。高々と拳を突き上げたところで「勝？」と横から声をかけられた。なんでもやれる気分になって、まさに雄々しい表情で「うん？」とそちらを見ると、まるで不審者でも見るような目つきで麗しい明るい髪をさらりと揺らしているイケメンがひとり。

「うわぁ!?　と、とと東堂!?」

「うわっ、な、なんだよ。マジで大丈夫か？」

引くのも通り越して、もはや心配しているような顔でこちらの顔を覗き込むその男は僕が今、最も会いたかった人物。四年前の東堂宗近だった。

大学四年間、そこそこ髪色を変えてお洒落(しゃれ)に髪型で遊んでいた東堂の初期は……そうだ、こんな色を抜いたような髪色だった。高校の頃の春町さんといい、大学一年生の東堂といい、こうやって目の前にするとやっぱり今は相当大人になったんだな、と不思議な気分になってしまう。

「何、入んねえの？ ……つか見すぎじゃない？」

僕がまじまじと眺めすぎたせいだろう、東堂が気まずそうに頬を掻いた時にようやくはっとした。

「あ、ああっ！ ごめん！」

「ん？ んー？」

「え？ な、なに……？」

「……いや、なんか」

東堂は不思議そうな顔で首を傾げていた。

「なんか雰囲気が、急にフラットっていうか、反抗的な猫に急に気を許されたっていうか」

そうだ。この頃の僕は東堂に気を許しすぎないよう常に警戒していたような気がする。何故ならば、こいつがどうしようもなくイケメンで、できる男だったからだ。

「どうした？」

顔を合わせる度に敗北感に苛まれるのが嫌で、僕は僕なりのプライドで壁を作っていた大学一年生の初め頃。

けれど、そんなものに大して意味がないと気づくのはすぐのことで、四年をかけてずけずけと壁の内側を踏み荒らされていくことを僕は知っている。

ちら、と眼鏡の奥からその姿を盗み見る。僕より少しばかり高い身長に、すっきりとした、けれど見る人によっては甘い顔立ち。

「な、なんでもない……」

こんな男が将来のライバルとか、既に勝ち目がない。この頃の僕に……いや、高校の頃の僕に教えてあげればどんなによかったか。

しかし、そんなことを今頃嘆いたって仕方のない話だ。今は、心を鬼にしてやるべきことをやらなければ。そうでなければ恥の……否、後悔の上塗りをしてしまうだけだ。

「東堂！　僕、やっぱりこのサークル、その……入りたくないなあって、思うんだけど。ど、どうかな？」

「どうかなって……は？」

「い、今から違うところに行くのはどうだ？　飯でもいいし、コンパ代よりは、安いし、出費も浮くだろ？」

「でも、お前がこのサークルに興味があるって……」

「言ったけど、もう興味がなくなったんだ！　ほら、演劇なんて僕は似合わないし、東堂は今からでも別のサークルに入った方がいい。きっとお前はモテるから、わざわざ演劇なんかしなくても、もっとこう、その格好良さを活かせる活動があるはずだ」

苦手な笑顔をなんとか作りながら、僕は東堂の背中側に回った。そして、その背中を押そうとすれば、東堂はくるっと半回転して、また僕と向き合った。

「モテるかどうか知らないけど、でも、ここまで来たし。参加の連絡を入れてるのにドタキャンは悪いだろ？」

「だ、だったら僕が連絡をしておくから、とにかく今日は飯を……東堂と二人きりで！　何か食べに行きたい！」

「そ、そんな大声で言わなくても……わかったよ。じゃあ、今から飯でも食いに行くか」

「ほ、本当か⁉」

ああ、神様。仏様。飲んだくれ野郎様！

僕のやり直し人生は、早くも幕を閉じそうです。ありがとうございます！

「東堂、今日は僕の奢りだ！　じゃんじゃん食ってくれよ！」

これは、お詫びともいえる。未来の伴侶を奪ってしまう。すまない東堂、僕は魂を悪魔顔負けの神様に売ってしまったのだ。今更引き返すことなど、できそうもない。

胸に些細な痛みを抱えながら僕はこうして、東堂と春町さんのファーストコンタクトの阻止に成功したのだった。

だが、そこからがやはり不運の僕といえようか。いや、僕というよりも原因はあの神様にあるともいえる。

奢るつもりで店に入ってたらふく飯を食ったはいいが、僕の全所持金はあの人の飲み代に消えてしまっていたことを、支払いの直前になるまですっかり忘れていたのだ。

レジ前で、空っぽの財布を逆さにして何が出るわけでもないのに、必死に払う術（すべ）を探している惨めな僕に、「全く仕方ないな」とかわりに支払ってくれた東堂は、菩薩（ぼさつ）以外の何ものでもなかった。

「絶対に返すから！　もし今後、身に覚えがなさそうな顔をしてても、絶対に絶対に取り立ててくれ……」

明日の僕は今の僕ではないから、この瞬間の記憶がきちんと継続されているのか不安だ。最後の最後でなんという失態。

「いいよ、飯代くらい。なんか今日の勝、一緒にいて楽しいし」

なんという殺し文句だろう。僕がいたいけな女子であれば間違いなく恋に落ちている。

「わ、悪い。本当にありがとう、東堂」

「いいって。でもま、今度飯に行く時は勝が奢ってくれよな」

なんとも美しき友情か。優しい世界が今まさに目の前に広がっている。こうして物語とはハッピーエンドを迎えるらしい。

よもやエンドロールが流れている気分になっている僕に、東堂は「じゃ、また明日な」と駅前で手を振った。

改札の中に入った僕は、どっと疲れているような気もしていたが、足取りは不思議と軽やかだった。

今にもスキップでもしそうな僕は、あまりの気分の良さについに鼻歌を歌い出す。これで未来の僕は安泰だ〜！ と浮かれながら、電車のホームへ向かおうと階段に足をかけていたところで、事件は起きた。

「その人、痴漢です!!」

僕が今し方、上っていた階段の先を見上げたら、ビジネスバッグを小脇に抱えたサラリーマンの男性が慌てながら階段を駆け下りている姿が見えた。そして、さらに上の段から女性が指を差しながら、懸命に叫んでいる。

「えっ」と気づいた時には既に遅く、男性は僕に向かって突進していた。「退(ど)けっ」

というその人の醜い声が耳を劈き、そのまま身体を押されてしまう。僕の身体は背中から階段下に向かって、大きく投げ出されたのだった。

このままいけば、プールで転んだ時の比なんかじゃない痛みが、全身を襲う。僕は確実に……死ぬ。緩やかに進む光景の中で、手を伸ばした先、駅の階段の天井とそこに備えつけられたくすんだ蛍光灯が見えた。

身体が地面に叩きつけられるような痛みを感じたその瞬間、僕の全身は氷漬けにされたような寒さに襲われ、そのまま意識を失った。

第三幕　命懸けの横恋慕

息を引くようにして、勢いよく目を覚ますとそこは佳月橋の上だった。寝ころんだままの僕の目には、綺麗な星空が広がっている。そんな視界の端にひょっこりと顔を出し、長い髪を耳にかけながら首を傾げているあの人がいた。「よっ」とまるで友人のような顔をして手を上げた。

「どうだい？　気分は」

ぼんやりとした意識の中で、その口調がどこか懐かしいような気がしてしまう。ついさっきも会っているはずなのに。とりあえず全身がどっと疲れている僕は「あー……」と唸るように眉根を寄せた。

「よくはない……です」

「だろうな。命を懸けて初恋を取り戻しに行ったんだ。そら疲労していない方がおかしい」

ふんふん、と頷きながらそいつは隣にしゃがみ込むと、無遠慮に僕の身体を突いた。痛い……というよりも痺れを感じて身を丸めてしまう。

「うっ」と地面に蹲(うずくま)っていると、「で」と自分の膝に頬杖(ほおづえ)を突いてそいつは僕を見下ろした。

「どうだった？　上手くいったか？」

　その言葉に一気に視界が開ける。はっとしてその人を見上げると、「ん？」と柔そうな頬を手のひらに埋めて、首を傾げていた。

「ふっ、聞きたいですか？」

「お？　なんだその自信に満ち満ちた笑みは。気味が悪いぞ」

「それがですね、実は……」

　二人の出会いを阻止することに成功したんです。と身体を起こして、過去で僕が何をしてきたかを説明しようとした。

　だがその瞬間、ズボンのポケットに入っていたスマホが揺れた。なんだこのタイミングにと思って、画面を見ると『春町亜霧』と表示されている。

　ん？　なんだろうか……。

　別にびくつかずともいいはずなのに、一度はこの恋心を折られているからか呼吸が引き攣った。僕は急いで身体を起こし、震える指先でスマホの通話ボタンを押す。

「……は、はい」

『――千駄ヶ谷くん？ 突然ごめんなさい。少しお話があって……』

その先の言葉を予想する。まさか、という気持ちで固唾を呑めば、電話の向こうで彼女は再び〝あの言葉〟を告げた。

『私、卒業したら』

う、嘘だ、なんで……。

『東堂くんと結婚するんです』

慌ててスマホを見る。日付は、初恋を打ち砕かれた一月二十二日。まさしく僕の誕生日。時刻は魔の二十一時頃だ。

なんだ、どうなっているんだ。彼女のその言葉をまさか二度も聞くことになるとは思いもしなかった。

固まっていると『……千駄ヶ谷くん？』と彼女が僕の名前を呼んでいた。

まさか、さっきまでの出来事は夢だったのか……？

わ、わけがわからない。二人が出会った？ どうやって？ 何故、僕を介して？

「あ、あの……僕って、いつ、東堂を春町さんにご紹介、しましたっけ」

『え？ それは……』

心音がやけに耳元で聞こえる。

『私がサークル勧誘のポスターを眺めていた千駄ヶ谷くんに声をかけたら、興味があるって言ってサークルに入ってくれて、そうしたら、東堂くんも一緒に入ってくれたんですよ』という声が遠くで聞こえた。僕は瞬きさえ忘れて、隣に座り込むその人に機械人形のように目を向けた。

「どうやら上手くはいかなかったみたいだな」

と。僕の気持ちを代弁するように無駄に落ち着いた声で言い放つ。冗談だろ？

あのあとに何があったのだろう。もしかして、そもそもあの夜の過ごし方から違ったのだろうか。

なんにせよ、運命というものはそう簡単に変えられるものじゃないらしい。

そこからの会話はあまり覚えていない。生返事をしながら通話を切った僕はゆっくりとスマートフォンを膝の上に下ろして、再度その人を見た。

「まあ、だろうな」

「な、なんで、というか、何がどうなって……？」

「そう簡単に、運命を変えられると思うな。命を代償に巡っている夜だぞ。この世界はご都合主義のドラマや映画とは違うんだ」

尤もらしいことを言われて固まっていると、その人は「少し歩くか」と立ち上がった。

ピキピキと痛む身体で立ち上がりながら、違和感がひとつ。僕は確かにあの川に落ちた。痛みはあるのに、身体はひとつも濡れていない。

「……僕は本当に、過去に戻っていたのか」

ぼそっと呟けば、前を歩き出したその人が振り返った。

「そう体感したなら、そうなんだろうな。現実とは経験し目の前で感じたものを言う」

「そんな曖昧な……大体、あっちでも大変だったんだからな！　急にころころ場面が変わって、高校生かと思ったらいきなり大学生になってるし……一体どういうことか説明してくれよ」

頼りない口調で言うと、その人は口元で微かに笑って「言ったじゃないか」と首を傾げた。

「命を懸けて彼女を自分のものにしたいと」

「そんな言い方はしてない!!」

叫ぶように言うと、そいつはケタケタと笑って「冗談さ」とまた背中を向けて歩き出した。

「君のことは、分岐のある夜に飛ばしただけだ」

「は？　分岐……？」

「君が、勇気を出せたであろう夜。後悔したであろう夜。彼女に恋焦がれたであろう夜。そんな特別な夜に、今の記憶を持って過去に戻した」

　軽やかに歩くその姿を目に映しながら、俺は何度も目を瞬かせる。

「まあ結局、何も成せなかった君は彼女にこうして〝再び〟振られているわけだけど」

「……」

　なんだ。つまり、せっかく命を懸けて過去に戻ったとしてもそこで分岐を変えられなかったら結果は同じだということなのか。人生そう甘くはないのはわかっているが、まさか二度もない好機をみすみす取り零してしまうだなんて……。

　浮かない顔で立ち止まった僕にその人は気づいて、その人はまた振り返る。あと二、三歩歩けば、佳月橋を渡り切るというところだった。

「どうした、そんな暗い顔をして」

「いや……せっかく貰(もら)ったチャンスだったのに」

　悔しさに拳を握る。彼女はそんな僕を眺めながらあっけらかんと答えた。

「そんなもの、次で取り返せばいいだろ」

「え……次が、あるんですか？」

「言っただろ、大学四年間をやり直したいって。今回だけがチャンスだと誰が言った」

「で、でも……こんな、ことって」

「チャンスは一度きりとはいうが、挑戦する者には、いつだってチャンスは巡ってくる。それをいくつ掴み取り、積み重ねていけるかが、もとより大事なことだ」

ま、諦めるなら話は別だがな、とその人はついに橋を渡り切る。まるで取り残されたような気分になり、僕は未だ重い身体を動かし、走り出した。

僕は過去を振り返って、彼女があんな風に笑う姿をはじめて見た。僕は、まだまだ彼女について知らないことが山ほどあるのだ。

「っ諦めるなんて！　そんなことできるわけ……！」

ないだろ、と呟くように言いながら、その後ろで立ち止まった。その人は僕を横目で見ながら「その意気だ」と笑っていた。

なんだろう。誘導された感が否めない。けれど、僕の心を奮い立たせてくれたのも事実で、なんともいえない気持ちのまま僕は頬を掻いて俯いた。

暫く歩きながら、空を見上げる。今もまた夜だ。星が瞬いているこの瞬間に、きっとチャンスがいくつもちりばめられている。

「それよりどうして夜だけなんだ……昼間の方が、分岐ってやつはたくさんあるんじゃないのか、時間に限りもあるし」

不意に訊ねると、彼女は「ふむ」と頷きながら髪を後ろに払った。スキニージーンズに、シンプルな服……の上から原色を至るところにちりばめた派手なブルゾンを羽織っているその人は、神というよりその辺にいるヤンキーまがいなお姉さんという印象だ。

「理由は様々だが、第一に、過去を変えることはそう容易じゃない。それなりの代償がいる。君には命を懸けてもらっているわけだが、わかりやすく言えば、神頼みのお賽銭と一緒だ」

「お賽銭……？」

「金を払っても寿命が延びるわけじゃないが、時間を足されたら当然、息も長くなる。命と時間は比例するからな。貴様の命で、過去を買っているとでも思えばいい」

命で過去を買っている、って。なんだ、その普通に生きていたら耳にはしないであろうパワーワードは。なんだか意味を考えると怖い気もするんだが……。

「第二に、オレは基本的に月の満ち欠けしか読むことができない神だから、夜にしか活動できない」

「夜に、だけ……？」

なるほど、夜にしか活動できないというのは本当なのだろう。僕が戻った時間はどちらも日が落ちていたから。

「第三に、そもそもオレが依代にしている神社の衰退は今にはじまったことじゃない。人々の信仰が少ないとオレたちの力にも制限がかかるんだ。つまり、無駄を省いて分岐がある、夜の数時間だけ還している、ということになる」

三本の指を立て、淡々と告げるその人に今にも頭がパンクしそうになる。

「大体、ひとりの人間を優遇しているなんてバレたらえらいことになるからな。お天道様が起きている昼間は管轄外だから、その時間には還せない」

わかったか？　と首を傾げるその人に、僕は「いや、えと……はい」と無理矢理納得させるように頷く。

「あ……でも僕、四年間のお願いしかしてないです、けど……高校生の時に戻ったアレは一体……？」

「あー……あれはいわばサービスみたいなものだ。今後お前には信仰者になってもらう予定だからな」

……タダより高いものはないとはこのことか。

「なんて奴だ……勝手に恩を売って、まさか取引を成立させようだなんて……神を名乗っているくせに……いっそ悪魔と名乗ってくれ……」

「まあまあ固いこと言うなよ」

はぐらかすように言って、その人は首を傾げる。

「で、どうする？　この先はお前次第だが、やめるか？」

「……」

やめるわけない。ならばはじめから僕は命を懸けて戻るなんて、言いはしなかった。

僕の意志が伝わったのか、その人は「いい顔だな」と笑って長い髪を背中側に払いながらまた前を向いた。

「いいか、勝青年。一度帰った過去には二度と戻れない。本来ならば一度として過去には戻れないからな。もし、新しい行動をとってしまったらそれが上書きされたまま、今を過ごすことになる。だからもしも失態をおかしてしまったら、未来の君に影響することを忘れるなよ」

「……わかり、ました」

「ちなみに、過去に帰る度に今の身体に負担がかかることを覚えておけ。四年をやり直すと言ったが、回数は限られている。無駄にするなよ」

限られた、回数。二度とないチャンス。いや、本来であれば一度とないチャンス。普通の人はあの時ああすればよかった、こうすればよかった……なんて場面は二度と帰ってこないのだ。

「わかりました」

今一度頷けば、その人が満足げに口角を上げて「さあ、行くか」と歩き出す。その後ろに意を決して続き横に並ぶと、その人は立ち止まり、「君はこっちだ」と僕の身体を横に押した。

パッパーという耳を劈くほどのクラクションの音とともに、僕の左半身がヘッドライトに白く塗り潰されていくように照らされた。

車が来てたのか……と頭で理解するよりも先に、車道に向かって突き飛ばされた僕は、車に身体を撥ね飛ばされた。

こんな美しい夜の中、僕はその日、二度目の死を経験した。

目を開けると、僕はコンビニで夜勤のバイトをしていた。よりによって一番込み合う時間帯で、意識を取り戻してすぐ、僕は、最悪だと久しぶりのレジ打ちを不慣れにこなしていた。

そうだ、大学一年の数カ月だけ僕はコンビニでアルバイトをはじめたんだった。もうすぐサークルの舞台があるから、それに向けてお金を貯めておこうと考えたんだ。幽霊部員だが、一年目はまあまあ通っていたことを思い出した。

過去の経験とさして変わり映えのない光景を眺めていると、前回程度の変化では未来も変えられないんだなと思った。

やがて終電も過ぎたのだろう。客足が一気になくなる。暇な時間帯になり休憩に入ろうとしたら「休憩前に、ゴミ出しだけしてもらっていい？」と品出しをしていた先輩に言われた。えーっと名前、なんだったっけ。

「はい」と返事をしながらゴミをまとめる。身体が覚えてるもんだな、と思いながらトラッシュコンテナに捨てに行くためにコンビニの外に出た。

そもそも、僕はどうしてバイト中の過去に戻っているのだろう。こんな時期に、戻るような理由は何かあっただろうか。

コンテナを閉めて、不意に横を見る。すると、駐車場のブロックに座り込んでいる女の子が見えた。こんな時間に女の子……危ないな、と思ったところで、はっと立ち止まった。

所在なさげな彼女はどこか覇気がなく、夜空を見上げているだけだった。彼女の視線をなぞって空を見上げる。孤月がぽつんと浮かんでいた。

ぼんやりとした記憶を辿って、ああ、だからこの夜に戻したのかと、過去に見た彼女の寂しげな姿を思い出した。

コンビニバイトをしていたあの時、一度だけ春町さんが夜にこのコンビニにやってきた。声をかけようかかけまいか迷っているうちに、彼女はあっという間に姿を消してしまったんだけど、その躊躇いがいけなかったのかもしれない。

月から彼女へ視線を戻し、不意に拳を握り締めた。そんな僕に、彼女は気づくとその口を「あ」と丸く開き、目元を指先で拭っていた。

いけ、僕。今は、今しかない。頑張れ、頑張るんだ。

震える足を叩いて、一歩を踏み出す。口を開き、第一声に迷った末、声が裏返りそうになった。

「は、春町、さん？　……何、してるの、こんな時間に……」

「千駄ヶ谷くん………このコンビニでアルバイトしてるんですか？」

「え？　ああ、うん……まあ……」

僕らの会話には少し違和感がある。未来にいる僕からすれば七年、この時点では三年以上、高校から散々顔を合わす機会があったはずだ。なのに、僕らはどこか他人行儀なのである。春町さんは誰にでも言葉遣いがどこか丁寧だし、僕はやっぱり人見知りだったから。

「夜の、散歩です。ここから、割と近くに住んでて……このコンビニよく来るんですけど、千駄ヶ谷くんが働いてるって、はじめて知りました」

「ああ、夜勤にしか入ってなくて……」

「昼間は授業もありますもんね」

乾いた笑いが飛ぶ。なんで僕から話しかけようとしたのに、彼女に気を使わせてしまっているんだ。

「え、と春町さん散歩って……」

そこまで口を開いて、言葉が続かない。

どうやって切り出せばいいのかわからないし、会話もろくに続けられない。緊張する。もう戻ろうか、と弱腰になってしまいそうになる。

でも駄目だ。それでは何も変わらないじゃないか。僕は勇気を振り絞り、顔を上げた。

「その、何か、あったの？」

コンビニの灯りで照らされたその姿が、一瞬、ピタリと止まった。ゆっくりと向けられた視線に酷く緊張する。

あの飲んだくれ神様とまた違った美しさを持った彼女に、喉の奥から今にも心臓が飛び出しそうになった。

「意外ですね、そういう質問をするなんて」

膝を抱えるようにして首を傾げる。彼女の肩までの黒髪が、空気を撫(な)でるようにさらりと揺れた。

「そ、そうかな」

汗が噴き出る。首を触りながら、必死に下手くそな笑みを顔に貼りつけたが、引き攣ってしまいお世辞にも笑っているようには見えなかっただろう。

「……死んだんです」

「え？」

「寅三郎(とらさぶろう)が」

風が吹き、今一度「え……？」と首を傾げる。

とら、さぶろう？

「寅三郎が死んだんです」

今一度彼女がその名前を告げる。

「え、と、それは……ごか、ぞく……？」

「はい、家族でした」

即答されて、僕は声もなく頷く。そんな僕に、彼女は「最近」と言葉を続けた。

「元気がないな、とは思ってたんです。ご飯も食べなくて……」

俯いてしまう。辛い話を言わせているような気がして、どんな反応をしたらいいのかわからなくなる。

「あまり鳴かないし、病院にも連れていったんですけど……」

「そっか……え、鳴かない？」

顔を上げて、首を傾げる。鳴かないって……聞き間違いか？

「でも平均的な寿命は五年から十年みたいで……」

「あの、春町さん……寅三郎って……」

「鳥です」

「え？」

「正式にはセキセイインコですね」

三度目の「え？」を発すれば、彼女は「実家から連れてきたんです」と淡々と答えた。勿論だけど、過去にこんな会話をした覚えはない。あの頃、声をかけすらしなかったのだから。

理解に戸惑いそうになった瞬間、彼女の目から綺麗な雫がポツリと落ちた。指先の上を伝い、地面に弾けた雫が暗いアスファルトに染みていく。

その一連の光景に一瞬だけ見惚れそうになるのは、ある種、無神経かもしれない。

彼女が僕に「すみません」と頭を下げた。

「こんなこと、千駄ヶ谷くんに言っても仕方ないですね」

「……えっ」

反応が遅れた僕に、彼女は涙を拭って立ち上がる。確かに僕なんかに言ったって仕方ないだろう。僕は気が回らないし、上手く励ます言葉すらかけることができない。

「帰ります」

洟を啜って、軽く頭を下げる。彼女の品のあるボブが、重力に合わせてゆるりと揺れた。枝のように細く白い手を揺らし、緩いズボンを纏った足を動かす。その様子を僕はただ茫然と見送る、なんてことをしてはこれまでと変わらない。

いけ、いくんだ。なんのために僕は、この夜に命を懸けたんだ。

「春町さんっ!!」

振り返った彼女が、驚いた顔で首を傾げていた。いつもは涼しげに見える目元も、今は小動物のように黒目がちに光っている。

「あ、の……その」

段々と声が小さくなる。自信がなくなる自分が嫌になった。本当の自分が、大事な時にこうして顔を出してしまうのだから、普段から努力していない自分の怠慢さに嘆きたくなる。

「さっ、さんぽ、しませんか」

「……さん、ぽ?」

春町さんの目が僕の顔から、僕の身体に向かう。いや、正確にはコンビニの制服に。

「っあ……休憩！　きゅうけい、はいるんで、いまから……」

だから、とその顔を見る。

「一緒に、歩きませんか」

彼女の目に、くるりと円を描くように光が纏う。僕は緊張で手汗が滲んでいたし、震えた唇を引き結んだ口元は不甲斐(ふがい)ないものだっただろう。

あまりに必死な僕を彼女は暫し見つめたあと「はい」とその口元を緩ませた。笑ったわけじゃないけど、少しでも肩の力が抜けたならよしとしたい。

僕は急いでコンビニに戻り、もう一人の先輩に「ちょっと出てきます」と告げて、慌てて上にパーカーを羽織った。灰色のなんともいえないダサいパーカーに、もう少しお洒落に気を使えよとこの頃の僕を叱りたくなった。

「おっ、お待たせ、しましたっ！」

駆け寄りながら、息を弾ませて告げる。彼女は首を振って「じゃあ……」と道の先を見て歩きましょう、という空気を促した。

余りにも未知な展開で心臓がバクバクする。何が正解で、何が不正解か。皆目見当もつかない。

ただ、あの頃と違って、今日という初夏の夜。彼女と並んで歩いているという事実が、くすんだ過去に上乗せされていく。

なんだか幸せだ。こうして隣を歩いているということだけで、僕は満たされそうになっていた。それほど、僕の心は彼女を諦めていたのだと再認識した。

「……先ほどは見苦しい姿を、見せてしまいました」

彼女がぽつりと告げた。はっとそちらを見る。俯いた彼女が、足元を眺めている。

街灯の灯りが後ろから差し、僕らの影は足を踏み出すその先に映し出されていた。

「い、いえ見苦しいだなんてそんな……。あの、春町さんは、その寅三郎とは……」

「もうすぐ十年ほどの付き合いでした。小学生の頃から、ずっと……そばで支えてくれた大事な家族です」

「すみません、思い出させるようなこと……」

「いいんです。あまり人に話す機会なかったので」

コロコロと、石ころが彼女のつま先に当たり路肩まで転がっていく。

「……寅三郎は、亡くなった父が私の誕生日プレゼントとして連れてきてくれたんです」

え、と零れた声が喉の奥で引っ掛かった。何故ならば、彼女の家庭環境は複雑で、まさか話題にされるとは思ってもみなかったからだ。

目を見張って、隣を見る。言わせたくないことを無理に言わせてしまった気がして、僕のこめかみに汗が伝った。

「おと、うさん？」

「はい」

春町さんの父親は彼女が中学校に上がる前には亡くなっていて中学二年の後半頃に、

母親が再婚したのだと、そんな話を聞いた。

彼女が纏う空気感もそうだが、口調が基本的に他人行儀なのは、その複雑な家庭環境が影響しているのかもしれない。

「聞いたことがあるかわかりませんが、私の母は再婚していて、実の父は私が十一歳の時に病気で亡くなりました」

ぽつぽつと話し出す彼女が、長い睫毛を伏せていた。街路灯が彼女の黒髪を優しく照らしている。

「私、九歳を迎える誕生日の五日前に友人たちと大喧嘩して、クラスでひとりぼっちになったことがあるんです」

「え……喧嘩？」

「はい。私は表情を表に出すのが苦手なので、多分誤解もあったかと思いますが、友人たちと些細なことですれ違いになりました」

「…………」

「気落ちした私を励まそうと、父は一生懸命、私を笑わそうとしました。それでもなかなか笑わない私が、とあるペットショップの前で立ち止まった時、喋るインコに笑ったらしいんです。私は覚えていないんですが、父がそう言ってました」

楽しかった思い出を話すように、春町さんは少しだけ口元を緩めた。

「だから誕生日に父は凄く張り切った様子で、私に寅三郎をプレゼントしてくれたんです」

ほんの僅かな肌寒さがあるのに、汗が滲むのは初夏の夜ならではだろう。

「寅三郎は、父が亡くなってからも、ずっとそばで支えてくれた大切な家族でした」

僕は何も言えず、ただ隣を歩くしかなかった。

「家族が欠けて悲しいって思った時や母に再婚の話が出て孤独だって思った時、いろんなものから逃げたくなって辛いなと思った時にも、まるで父みたいにそばにいてくれました……」

高校の頃に見たいろんな彼女の姿が脳裏に明滅する。学校のプールで僕が恋に落ちた瞬間に見ていた彼女も、そのあとに僕が日々目にしていた彼女も。

いろんな思いを抱えて生きてきたんだと改めて思い知る。僕は結局、彼女の表面的な部分しか知らなかったのだ。

家族にだって、恋人にだって、友人にだって。

誰だって、一〇〇パーセントの自分を相手に曝け出すことは不可能なのだというのに。

それは、怯えているとか引かれてしまうとか、そんな理由ではなく。人はきっと、本当の自分を表現することがそもそも苦手なのだと思う。

「だから私にとって、寅三郎はペットなんかじゃなく、大事な家族だったんです」

洟を啜る音が聞こえる。彼女の頬を伝って、涙がぽろぽろと闇夜に零れ落ちていく。どうしようもなく、自分の浅はかさに打ちのめされる夜だった。

あわよくば、彼女と近づきたいと考えた邪な自分が恥ずかしかった。

彼女の中で、大事なものがひとつ、なくなってしまったというのに。

「……春町さん」と名前を呼ぶと、「はい」と涙声で返事をする。

「僕は、その……気が回るタイプじゃないから、こういう時、どんな言葉をかけていいのかわからないけど」

ぽつりぽつりと伝える。どういう風に言葉を綴ればいいのか、正解が全くわからない。こういう時、気を使える人間が純粋にすごいと思う。

「幸せ、だったんじゃないかな寅三郎」

もっと周りを見て、他人と対話をして日々を過ごせばよかった。そうすれば、こんなに悩むことも、自分の不甲斐なさに後悔することもなかったかもしれない。

「そんな風に、家族だったって泣いてもらえて、大事にされてたんだなって、思う」

けれど今になって努力してこなかった自分を悔やんでも仕方ない。僕は僕なりに、今思った言葉をただ相手に向けることしかできない。全てが月並みだけれど、ただ。

「お父さんの贈り物って、言ってたけど」

君に大切にされてたんだから、幸せじゃないなんてことは決してないんだと。

「春町さんが、ひとりで、こうして歩いて」

「……」

「また明日を向けるように。自分のかわりにって、贈ってくれたんだと思う」

声が震えている。馬鹿みたいに緊張している。

「今日はたくさん泣いて、明日も明後日(あさって)も落ち込むかもしれないけど、そのうち春町さんのペースで、前を向ければ」

気温のせいじゃなく、じわじわと汗が滲んでいた。

「お父さんも寅三郎も、安心すると、思います」

もっと格好良く、余裕をもって言えたなら。もっと堂々と隣を歩けたなら。

過去に戻ったって、全く理想通りにならない。

そう簡単に上手くはいかないんだ、自分が変わらない限り。

「……って僕なんかが何言ってんだって感じだけど」

不意に春町さんを見れば、彼女は綺麗な黒緋の目から宝石のような涙をぽろぽろと落としていた。「えっ、はっ……!?」るまちさん、という声が続かずに固まる。な、何かまずいことを言ってしまっただろうか!?

泣き出すとは思ってもいなかったから僕は先ほどよりさらに声を張って、「つ、つまり!」と話をどうにかまとめようとした。畜生、こんな時に口下手なのが仇になるなんて。もっと話し方とか語彙とかを勉強しておくべきだった。

慰めたい、元気になってもらいたい。ただその気持ちだけで、この時の僕はタイムリープしていることすら頭からすっぽ抜けていた。

自分のためじゃなく、彼女のためになる言葉を、どうにか伝えたかった。

「だからその……げっ、元気、出してください」

尻すぼみに言う僕に対して、彼女の目はゆるりと円を描くように光り輝いた。

喋りすぎた。高校生の春町さんに『オジサン臭い』と指摘を貰ったばかりなのに。

「ごめん……オジサン臭く、って」

頭を掻いて「あ、ははは」だなんてわかりやすくぎこちなく笑った僕に、「いいえ」と彼女は首を振った。笑いを止めると、彼女は僕に歩み寄って「いいえ!」と再度告げた。

あまりにも力強く言われて、僕は頭を掻いていた手を止めた。彼女の目にはもう涙は浮かんでおらず、その代わり、その綺麗な黒緋に僕の顔が涼やかに映っていた。

思わず彼女の目を真っすぐ見つめてしまう。いくら経験の浅い僕でもわかる。これを世間では〝いい感じ〟というのだ。これはもしかして、千載一遇の好機なのでは？

「は、春町さんっ」

「……はい？」

名前を呼ぶだけで緊張する。心臓が和太鼓を叩いているようにうるさかった。

最悪だ。手汗まで急に止まらなくなってきた。目眩(めまい)までしてきたかもしれない。

「ぼ、僕……っ」

そう口を開いた瞬間、頭上でやけに強めの風が吹いて草木を鳴らした。

はっとして顔を上げて、僕は呼ばれるように左を向いた。すると、そこには古びた塀が見えた。塀の向こうからは、木がやたらたくさん覗いていた。

「月詠神社(つくよみじんじゃ)がどうかしました？」

「え……あ、春町さん知ってるんですか……？」

「はい、近所ですから」

生い茂った木々が、空に墨を塗りつけたように黒々と揺れている。風に吹かれて打ち鳴らされる草木の音は悪くないが、見ているだけだと些か不気味だ。

もしかして、あの飲んだくれ神野郎の……と暫く塀を眺めてしまったせいか春町さんが僕の視線をなぞるようにそちらを見た。

──『そもそもオレが依代にしている神社の衰退は今にはじまったことじゃない。人々の信仰が少ないとオレたちの力にも制限がかかるんだ』

信仰する人が減れば減るほど、あの人の活動に制限がかかる。それはつまり、存在が淘汰されることに繋がっているのではないだろうか。

まあ、お賽銭では飲み代にもならないと言っていた罰当たりな飲んだくれ神野郎を思えば、自業自得といっても仕方ない。……仕方ない、と思う。

「……行ってみますか？」

「え？」

春町さんの声に、はっと意識が遮られた。まさかの提案だった。僕は目を瞬かせたあと、「え、と」と境内の方と彼女を交互に見遣った。

「いい……んですかね……」

「気になるんでしょう？」

「まあ……その、はい」

「私も、寅三郎のことでお願いしておきたいことがあるので」

彼女は言いながら長い足を動かし、先を歩き出す。僕は「え、あの」と慌ててその後ろについた。

表に回ると、お世辞にも綺麗とはいえない鳥居が佇んでいた。老朽化が進んでいるのか、廃れたその姿をどこか懐かしいと思いながら「あんまり大きくないなぁ」と心の声が漏れた。あの人に聞かれたら拳固を食らってしまいそうだ。

思わず立ち尽くしていると、一礼をして鳥居を潜った彼女が振り返る。「千駄ヶ谷くん」と名前を呼ばれたので、僕も急いで頭を下げて鳥居を潜った。

参道の真ん中は神様の通り道だ。『さ、行くぞ勝青年』と真ん中を堂々と闊歩しそうなあの人のことを思えば、確かに神様の通り道と言えるだろうなと、僕は道の端を歩いた。

「春町さんは、夜の神社ってきたことあるの……？」

「いいえ。夜は神様の時間ですから、こんな時間に参拝だなんて神様のプライベートを邪魔しているようなものです」

「そ、そう……プライベート……」

いや、確かにプライベートだ。もしもここがあの神の神社だとするならば、今頃どこかで飲み歩いているに違いないから。木々が生い茂った参道を抜けると、拝殿らしき建物が見えた。

とてもじゃないけど、やっぱり綺麗とは言い難い建物に苦笑いが浮かびそうになる。これは本格的に焦るべきなんじゃないのか、あの神は。

「春には、桜が満開で結構綺麗だったんですよ」

「……そうなんですね」

春になると桜が咲くなら、また景色が違って見えるかもしれない。

「春町さん、よく来るんですか？」

「それなりに。近所ですから」

先ほどと似たような返しをされる。へえ、と声にならない声を出しながら、僕は辺りを見回した。やっぱり懐かしさを感じつつ、拝殿に向かう。その途中、小さな祠が視界の端に見えて、足を止めた。

「……どうかしました？」

「あ、いや。神社って……こういうなんていうか、祠？　小さな、社（やしろ）？　みたいなのがあるから、気になって」

いつもなら足を止めないのに、なんでか気になって足を止めてしまった。

「境内社ですね」

「境内社？」

「こういう小ぶりなお社の総称です。祀られている神様によって摂社や末社なんて呼称が変わりますね」

「へえ……どういう違いなんだろう」

さすが春町さん、と思いつつ僕は祠を見る。手入れをあまりされていないのか、埃をかぶったそこはやはり綺麗ではない。こんな古びた祠、今にも崩れ落ちてしまうんじゃないだろうか。中を覗き込もうとすれば、注連縄のついた白い石が中で微かに光った気がして「え」と固まった。

「本殿に祀っている神様と直接的に関係のある神様であれば摂社、関係のない神様なら末社です。どうかしましたか？」

「いえ。……えとじゃあこれは……」

「聞くところによると摂社みたいです」

この祠、どこかあの飲んだくれ神野郎と同じ雰囲気を感じる。もしかして、もしかしなくとも、ここがあの人のご神体が眠る社というのだろうか。

不意にポケットを探り、がさっと指先に何かが当たった。コンビニの揚げ饅頭だ。休憩だからって廃棄のものを貰ったんだった。

「……あ、それ美味(おい)しいですよね」

春町さんが僕の手元を覗き込む。「う、うん！　好きなんだ」と頷きながら不意にその祠を見た。なんとなくその揚げ饅頭を祠の前に置く。なんだか似たようなことを昔にもしたことがあった気がする。

「千駄ヶ谷くん。私、お参りしてきます」

考え込むようにそこを眺めていると、春町さんが口を開いた。

「あ、僕も行きますっ」

その声にはっとして、僕も急いで踵を返す。なんだか気になり、祠を振り返りはしたが、そこには僕の置いた揚げ饅頭がポツリとあるだけで、なんの反応もなかった。

拝殿に立つ前に、木材がボロボロに剥がれ落ちた階段を上がる。冗談でもなく、本当に崩れ落ちるのではないだろうか。この神社。

春町さんは一礼をしたあと、ポケットの中から小さながま口を取り出した。僕も合わせて頭を下げて、ポケットに突っ込んでいた財布を手に取った。持ってきていてよかった。五円玉を取り出して、賽銭箱に投げ入れる。

くすんだ色をした鈴緒を引こうか悩んでいると「少しだけ引きましょうか」と彼女が小声で告げた。本坪鈴（ほんつぼすず）がガラガラと鳴る。

二礼二拍手一礼。その間、僕は春町さんのことを願った。

この恋が成就して……ほしい、と僕だけの願いならそうだけど、ちら、と横を見る。姿勢を正し、目を閉じ、真っすぐ願っている彼女を見ながら、本当にそれでいいのだろうかと考えてしまった。

僕の願いを叶えることは、彼女の本来あるべき未来を変えてしまうということだ。

本来ここで願うべきは、春町さんが将来どんな形であれ、幸せになってもらうことが、僕にとっての最大の願い事と言えるのではなかろうか。

やがて、彼女が目を開き、一礼する。そして僕を見て「行きましょうか」とふわりと笑った。月明かりに照らされた彼女のその表情を見ながら、やっぱり笑っている顔が一番だなと再認識する。

今日、ここに来てはじめて見た彼女の顔からは想像できないほど晴れやかな表情だった。きっと寅三郎のことを願ったのだろう。

そう思ったから境内から出る前に「春町さんは何を……？」と訊ねれば、彼女は暫し考えたあと僕を見上げた。

「願いは口にすると叶わないって言いますから、内緒です」

「そ、うですか」

悪戯（いたずら）っぽく微笑む姿にドギマギとしてしまう。どうにも彼女には永遠に敵（かな）いそうにない。

鳥居を潜って神社を出る際も、彼女がまた一礼していたので僕もそれを真似（まね）るように頭を下げた。次、あの人に会ったらここを訪れたことを言ってみよう。まあ僕が言わずとも、先に話題にしてきそうだが。

「……私、ここ好きなんです」

「え？」

「受験の時に東京を訪れて、たまたま見つけた場所なんです。受験で不安だった時、不思議と気が楽になった気がして……それで大学生になった今も、たまに来て参拝していて」

濃紺の空の下。彼女の色白の肌が、まるで光を孕んでいるように目立っている。

「そんなに頻繁ではありませんが、気づけば心が落ち着く場所になってました」

境内を眺めているその横顔は、やっぱり僕にとっては何ものにも代えがたいほど美しくて言葉にならない。

「そんなところを、千駄ヶ谷くんと一緒に歩いているのは不思議な感覚なんですけど」

ここが仮令、過去であっても変わらずそんなことを思う。

「とっても嬉しいです」

照れ臭そうに笑って、こちらを見る。ただただ目を合わせることしかできない僕は、急に視線が合って戸惑いながら目を泳がせた。

そのまま顔を逸らそうとしたが、いや待てと動きを止めた。先ほどは風に邪魔されたが、今こそ……告白の時ではなかろうか。雰囲気がそう言っている気がする。

「春町さんっ！」

「は、はい……」

「ぼ、僕は……ぼくは……っ」

足の先から頭のてっぺんまで勢いよく、身体中の血液が沸騰しそうになる。

「春町さんのことがすっ、す、すぅ……」

その時だった。風に吹かれてさざめく木々の中で、ぼきりと枝が折れた音がした。

物凄い葉音を立てて、言わずもがな枝が落下してきた。先に春町さんが顔を上げて、

「あっ！」と慌てて声を上げる。

告白に夢中だった僕は、「すぅ！」と言いかけたまま、彼女の視線が気になって顔を上げようとした。瞬間、なかなか太い木の枝が僕の脳天を直撃した。

びりびりと頭から全身にかけて、痺れと痛みが襲って、僕は鐘にでもなったかのように全身を震わせながら、そのままどさり、と地面に倒れ込んだ。

「千駄ヶ谷くんっ⁉」

春町さんの声が遠くで聞こえる。ああ、僕はなんて、間の悪い男なのだろう。

「救急車をっ……」

ああ、さようなら。春町さん、さようなら、僕の初恋。さよう――。

――ぶっへくしょい！！！！！

醜いくしゃみとともに、僕は叩き起こされたような気分になって身体を起こす。木槌で思いっきり打たれたような痛みを頭に抱えながら、眼鏡を慌ててかけ直し顔を向けると、その人が手を上げた。

「おはよう。勝青年」

ずぴ、っと洟を啜りながら僕に向かって声をかけるその人は、正真正銘、飲んだくれ神野郎だった。周りを見回し、自分の服を見る。まさか。とは思うが僕はまた……。

「戻った……？」

「いやあ、さすがに寒いな真冬の夜は」

肩を擦りながら呟くその人に、はっとして顔を向け、スマホで日付と時刻を見る。

この人と飲み屋で出会い、おでんを食べて、この佳月橋の近くまで来た頃には疾うに〇時を過ぎていた。

けれどもスマホの示す日付はやはり一月二十二日で、時刻はまだ二十時半になる直前だった。あれ？　これまでより早いぞ……。

寒さに奥歯をガタガタと震わせながら、スマホの時刻を確認する度に最悪だ、と頭を抱えた。

せっかくいい感じだったのに……結局告白すらできなかった。

また、電話が来るのだろうか。僕は一体何度、彼女からお断り宣言をされないといけないのだろう。

緊張で手に汗が滲む。固唾を呑んでスマホを見下ろしていると、不意に電子音が鳴りメッセージが届いた。恐る恐るそれを開けば相手は春町さんで、いやでも顔から血の気が引いた。

《千駄ヶ谷くん、こんばんは。今、お時間ありますか？》

このタイムリープをはじめる前、やっぱり同じようなメッセージが届き、僕は飛び跳ねる勢いで《はい！　あります!!》なんて返事をした。なんたって僕は誕生日で、そんなめでたい日に悪いことが起きるはずもあるまいと、それはそれは浮かれてメッセージを返したのだ。だが今はどうだ。このあとの展開がわかっているせいで、そのメッセージを開くことができない。

通知画面をただひたすらに眺める自分自身を嘲笑（あざわら）ってやりたくなった。

「開かないのか？」

その人が告げる。座り込んだ膝に頬杖をつき、まるで他人事のように「いやあ、それにしても寒いな、どっか店でも入らないか」と提案していた。

けれどそんな声さえも耳に届かない。僕は通知を見つめながら、ごくりと固唾を呑んでいた。

《あの、本当は直接会って話したかったんですが》

アイコンの数字が音を立てて増えていく。

《実は、卒業したら私》

一つ。また一つと、電子音が鳴る。

《東堂くんと結婚するんです》

下顎が震えて、気づけば眼鏡の下でぽろりと涙が落ちた。

ああ、そうか。またた、また駄目だったのか。いやそれもそうか。何が正解で、何が不正解か、何もわかりもしないまま時間を過ごしたのだから。あんな少しの時間で人生が変わっていたなら、誰しもが人生イージーモードに違いない。

「またダメだったみたいだなぁ」

美しく星の瞬く夜空の下。その人がまたもや白々しく、そうしてやはり他人事のように呟いた。駄目だった。僕はまた彼女に失恋をした。突きつけられた現実に、僕の目から涙が止まらなかった。

やっぱり嫌な出来事は何度経験したって嫌なものだ。心臓を抉られるほど傷つくし、涙だって出る。その上、そんな気持ちの中に悔しいという感情がプラスされはじめたのだからどうしようもない。

「今回のお前は、割と頑張ったと思ったんだがなぁ。やはり人の心はそう簡単に動かないか」

目を見開いてそちらを見る。首を傾げて、その長い黒髪を耳にかけながらその人は小さく鼻で笑った。

「それより五円は少ないだろ。飲み代にもならん」

茫然としている僕の瞼が瞬きをする度に涙が零れる。どこから見ていたんだ。夜は飲み歩いているんじゃなかったのか。

「……辛いか？」

スマホを握り締めていた手に力が籠もる。

「好きな相手に何度も振られるのは」

当たり前だ。辛いに決まってる。

「やめるか？」

当然のように提案される白旗に悔しくなって首を振る。僕は袖で目と鼻を拭って、さっきまで神社でともに過ごしていた過去の春町さんのことを思った。

なんてことだ、過去に戻れば戻るほど、どんどん諦めきれない存在になっていく。彼女のことが好きになっていく。こんなのあんまりだ。

「そうか。なら勝青年、そろそろ真剣に覚悟を決めないとな」

「え、」

その人が僕の腕を思いっきり握った。何を……と思った瞬間、ビキッと腕の骨に電流が走ったような痛みが走った。

「いっ！！！　っだぁ！」

「ふむ。ヒビ入り寸前か。身体が強い方なんだな、タフな男だ」

「な、なにするんだ⁉」

別の意味で涙が出そうになった僕に、その女は吊り上がった茅色の目をゆるりと細くした。

「言っただろう。過去に帰る度に今の身体に負担がかかることを覚えておけ、と」

「そ、それは……」

「リスクなくして時間を操ることは難しい。毎回に命が懸かっていることを常に心に留めておけ」

腕を離して、その人が立ち上がる。月明かりをバックにして、その顔に陰りを落とした。

「お前はこの恋に命を懸けているんだ。もし上手くいかなかったその時は」

「……」

「お前自身が死ぬと思え」

とんでもない恋愛活劇だ。僕ほど地味で平々凡々な人間はいないだろうに、とんでもなく無謀な世界に足を踏み入れてしまった。

好きな人を振り向かせられなければ自分は死ぬ。間違っちゃいない。彼女のいない人生なんて、考えられない。死んだも同然だ。ただ、俺は。

「さ、勝青年、落ち込んでいる暇はない、次に行こう」

数度のタイムリープを経てようやく、事の重大さを思い知ったのだった。

その人に促され、僕は佳月橋のすぐそばの土手の上から黒々と流れる川を暫く鳥瞰したあと、またあの川に飛び込むことを決意した。だがやはり怖さもある。

「ほら、早くしんでこーい」

深呼吸をして緊張を整えていると、まるでラフな口調で言われた。腹立たしい。畜生、と思いながらも僕は前に進むしかない。今から向かうのは過去だけれど。あ、なんてヘンテコで数奇な人生だろうか。いや、これを数奇というのもおかしい。

「う……」

じゃり、と。僕の薄汚いスニーカーが小石を踏みつけた。

「うおおおおおっ!!」

川に向かって一直線に走り出した僕を眺めながら「いいねえ、青春だねえ」とその人はまた呑気に告げる。真冬の川は異常な冷たさだ。一度体験したから、狂気の塊と化したあの場所にもう一度飛び込むのは勇気がいることだった。

大声を出して震えを誤魔化すように足を盛大に踏み出す。全ては自分のために。

そして、大好きな人に会うために。

――『千駄ヶ谷くん』

次の瞬間、僕は踏み出した右足首を思いっきりひねり、勢いのまま頭から転がり落ちていく。眼鏡もはずれ、途中で置き去りにされていく。

すぐそこで流れている川のせせらぎが実に穏やかで憎たらしい。今の今まで、こんな痛みを伴いながら死に損なったことなどなかったから後悔と恐怖で涙が出た。

すると「本当にドジだなぁ」と背中越しにその人の声が聞こえた。

「そんなんだから、いつまでも彼女を振り向かせられないんだ」

揶揄(やゆ)されている。けれど穏やかな口調がどこか心地よく、痛みが和らいでいくようだった。

足音が途中で止まり、僕の額にひんやりとした手のひらが載った。

「揚げ饅頭、うまかったぞ」

これは礼だ、と手のひらを当てられた額から痛みと気力が吸い取られていくような感覚がして、仰向けになっていた僕は、夜の闇に溶けるその人の顔もろくに見ることもできないまま瞼をゆっくりと閉じたのだった。

第四幕　千載一遇の大失態

「あ、除夜の鐘だ」

ボーンと、放物線を描くような低音がいつまでも夜の空に響いている。聞こえた声はどこかしゃがれていて、僕はゆっくりと振り返った。空を見上げて、猫背のまま鐘の音に耳を傾けているおばあちゃんが年末の夜に佇んでいる。この光景を僕は昔、一度見たことがあった。年は確か、七歳の誕生日前のことだった。東京に住んでいる祖父母の家に遊びに来たのはこの時がはじめてで、夜更かしを経験したのもこれがはじめてだったから鮮明に覚えている。

父も母も僕たちの遠く前を歩いていて、僕が祖母の手を一時的に離れて走り出そうとした矢先のことだった。

おばあちゃんの視線を追って空を見上げる。空気が綺麗なところに住んでいた僕は正直、東京の空を綺麗だと思えなかった。それでも今日は粉雪が舞っていて寒かったけれど、それ以上に綺麗な景色が東京にもあったのだとはじめて知った。

なんだろう、この感覚は。以前、春町さんとの高校時代の夢を見た感覚に似ていた。

「すぐちゃん、除夜の鐘だよ」

おばあちゃんがそう言いながら、僕の手を今一度引いた。その姿が懐かしくて、僕は胸の奥が無性に苦しかった。祖母はもういない。

この日から数えて、恐らく三年後に他界する。おばあちゃん子だった僕は、祖母がいなくなったことが当時信じられなくて、三日三晩ずっと泣き続けたことを思い出した。

かさついた手を強く握る。あたたかい。こんなにも元気なのに、人とは時が経（た）てば呆気（あっけ）なく死んでしまう。いつか自分にもやってくる、死という現実は遠いようで身近にある。一言で表すには難しく、表現するにはあまりにも尊い。

「じょやのかねってなあに？」

もっとちゃんと祖母と話したいと思うのに、僕は僕の意思を無視してそんなことを祖母に返した。

この時、確か祖父は友人たちとお酒を飲むと言って先に神社の方に向かっていた。

「悪いものを払ってくれるんだよ」

「ふうん。じゃあいいかねなんだ」

「そうだねえ」

幼かったせいか。おばあちゃんの手に引かれてやってきたその神社を意識したことなんてなくて、場所こそ覚えちゃいなかった。僕はただ寒さで冷たくなった鼻に雪がついたのが気になって、手袋をはめた手で夢中になってそれを払っていた。

境内ではたくさんの人が集まってわいわいと楽しそうに話し込んでいた。うとうとしかける僕に、おばあちゃんが「あとちょっとで帰るからねえ」と揚げ饅頭を一つ、手袋をはめている手に置いてくれた。

あまりに暇だったので、歩き回っていたら自分の身長くらいの祠を見つけた。粉雪が段々とみぞれに変わり、風の強い日が続いていたためか、その場所はお世辞にも綺麗とは言えなかった。

遠くでは参拝客のにぎわった声が聞こえていた。親戚たちは会話に夢中らしく、こちらに気づく様子はまるでなかった。

そこは忘れ去られた空間のように、侘しさを感じる場所だった。

足元に落ちていた小さな花瓶を立ててあげた。取れかけていた注連縄を掛け直し、地面に散乱していた玉串を祠の中に置いて、そして足元の白い石を手のひらで包んだ。

これも、ここに飾ってあったものだろうか？

なんだか泣いているような寂しさを感じて暫く手のひらで温めたあと、服で拭いてあげた。

薄汚れていたけど拭かないよりマシだろう。宝石とまではいかないが綺麗な輝きを持った石を持って帰りたいと思ったが、僕はそこでおばあちゃんに見つかってしまった。

「すぐちゃん、こんなところにいたのかい。探したじゃないか」

「ばあちゃん、これなに？」

「ここはね、神様のおうち。だからあんまり、いじらないようにね」

「この石、持ってかえったらだめ？」

「……」

おばあちゃんは少し困ったよう顔をして「神様が帰れなくなったら可哀そうだから、石も返してあげてね」と言っていた。

確かに帰れなくなったら可哀そうだ。と、その言葉に納得して僕は持っていた石をそのまま祠に戻した。

「かみさま、ここがお家なの？　今はどこにいるの？」

「明日からお正月だから大忙しだよ。特にここの神様は夜の神様だから。ツクヨミ様の欠片が眠っているんだよ」

疑問が絶えなかった。それもそうだ。僕はまだ世界を七年分しか知らない。

「月を読んで月日を読む。時間を数えるツクヨミ様はなんでも知っているからね。すぐちゃんも神様の前で恥じない人生を生きなさいね」

難しいことを言われている気がして、僕の耳からおばあちゃんの言葉がするすると抜けていく。寂しそうなその場所を眺めながら、神様も居心地が悪そうだと、僕は幼いながら思ったのだろう。

「さみしくないのかな、こんなところにひとりで」

「寂しくはないさ。みんながお参りにきてくれるからね」

やがてみぞれが、糸を引く雨になっていく。おばあちゃんは持っていた傘を開き、僕の頭の上をそれで覆った。暫くして「優しいねえ、すぐちゃんは」とおばあちゃんは僕の頭を優しく撫でた。

今はもう、遠い昔の記憶だ。

そんな過去の記憶を辿っているだけなのに。どうしてだろう。胸が締めつけられるほど、悲しく寂しい気持ちになっていた。

僕はポケットの中に手を突っ込んだ。その中に、先ほどおばあちゃんがくれた袋入りの揚げ饅頭がある。

僕はその場にしゃがみ込み、祠の中にあった小皿の上にそれを置いた。

「おや、いいのかい？」

「うん」

僕はじっとその奥に眠る、白い石を眺めていた。

「かみさま、どうか」

小さい僕が手のひらを合わせる。その少し後ろで、小さく丸くなった背中を僕自身が眺めている。この子は僕だけど、今の僕じゃない。ただの記憶だ。

「しあわせになってください」

不思議な感覚だった。そりゃ、今の僕の意思なんて無視するよな……と思った僕のさらに後ろから。

「そこは、幸せになれますよーに、だろうが。生意気に。童が」

ゴトンッ！　と僕は床に身体を打ちつけて、もぞもぞと身体を動かした。

くるまった毛布の中から顔を出せば、ピピピピッとけたたましくスマホのアラームが鳴り響いている。

真っ暗な部屋で打ちつけた頭を抱えるようにして暫く蹲り、そしてゆっくりとベッドの上で鳴り続けるスマホに手を伸ばした。

時刻は二十三時をちょうど越えたところだった。なんだってこんな時間にアラームなんか……と思ったところで、はっとした。

今日は大晦日(おおみそか)だ。

弾かれたように身体を起こす。先ほどの幼い頃の僕はやっぱり夢だったのか、とそばにあった鏡を見れば、今と変わらない体の大きい大学生の僕がそこにはいた。

しかも今度は自分の意思で身体が動く。きちんと身体の中に自分が存在している。さっきのはなんだ……ついに過去に戻りすぎて、昔の記憶が混在しはじめているのではないだろうか。こう、いわゆる後遺症的な、そんな感じで。なんて、そんなことを思っている暇はない。

大学生になってはじめての年末年始だ。前回のタイムリープから時間が飛んでいるが、大学一年生の終わりも間近。僕は東堂と初詣に行くことになっていた。

悲しくも男同士での初詣。僕らと同じようにたまたま友人と来ていた春町さんと出会ったことを未だに覚えている。

着物姿があまりに美しく、照れ臭さから何も話せなくて、僕は逃げるように帰ってしまった過去がある。

思い返せば逃げてばかりで散々だ。東堂と春町さんはくっつくべくしてくっついたとでも言えよう。

……そう思うと、僕は二人の恋路を邪魔しているだけに過ぎないのだと現実を突きつけられている気分になってどこか心が痛かった。

いやでも、そんなこと……今更だ。死ぬ思いで、死ぬ気で、彼女とぶつかることを決めたのだから怖気づいても仕方ない。

気合を入れろ、千駄ヶ谷勝！　己の名前に恥じぬ生き方をするんだ。

今宵こそは、今夜こそは……今までのように無駄なことにならないようにしなくては。

選択を誤らず、きちんとタイムリープを成功させよう。気合を入れて、いざ参らん初詣！

服を着替えて、拳を握ったはいいが、やけにへにゃっとしていた。なんだ、なんでだ？　と思っていた矢先に視界がぐにゃりと歪んだ。

あれ眼鏡はちゃんとかけている。なのに……。いや待て、これは………。

「……げほっ」

壁に手をついて、咳が零れた口元を押さえる。気だるいのも寝起きだからだと思っていたし、骨が軋んでいるのも寒さと床に落ちたせいだと思っていたけど、どうやら違ったらしい。

最悪だ、よりによってこのタイミングで……。

数少ない、チャンスの一つ。ここは分岐の一つなのだから、絶対に向かわないとまずいことになる。

そういえば、あの時も体調が優れない身体を無理やり引き摺って初詣に向かったな。結果的に後悔して、行かなければよかったとうじうじしていたけど。

そうは言っていられない。僕は棚の中にある葛根湯を飲み、マフラーをぐるぐる巻きにし、マスクをして着込めるだけ着込んで部屋を出た。

できるだけ急ぎたい。けれども走って体調をさらに悪化させて、向かうことさえできなくなったとなれば元も子もない。その上、痛みなんて感じてみろ。僕は元の時間軸に戻り、ただただ命を削っただけになってしまう。

途中で栄養ドリンクを買い込み、胃の中にたらふく流し込んだ。多少気持ちが悪いが、まあ構わないだろう。

早歩きのまま改札を抜けて電車に乗り込む。夜も遅いのに、初詣に行く人でけっこう混んでいる。

目的の場所に辿り着く。東堂の母方の実家が営んでいる神社は縁結びの神様らしく、男女の参拝者が目についた。

立派な神門(しんもん)を目の前に、息を切らした僕は膝に手をついた。やっと着いた……。

「あ、勝！　お前、時間大分過ぎて……大丈夫か？」

「あ、あぁ……っ」

人混みに呑まれそうになりながら、なんとか辿り着いた僕に東堂は早足に駆け寄った。

「おいおい、年末に風邪か？　連絡くれればよかったのに」

「いや大丈夫、走ったら疲れただけだから」

「でも声も変だぞ？」

「こ、これはさっきまで寝てたから。でも、万が一があるかもしれないから、一応マスクつけてきた」

普段よりも一段高い声ではぐらかすように言う僕に、「本当か？　気分悪くなったら言えよ」と東堂が告げた。相変わらず気遣いのできる男だ。

「ありがとう」と伝えるついでに東堂を見れば、その髪が少しピンクみを帯びたゴールドになっていることがわかった。この頃、こんな色をしていたっけ。僕の曖昧な記憶が段々と鮮明になっていく。

　辺りを見回せば、少し先に振袖姿の美しい女の人がこちらを見ていた。ああ、あれは……間違いない。春町さんだ。

　真っ赤な振袖姿の彼女に目を瞬かせてしまう。なんてことだ。過去でも今でも、何度見ても彼女の振袖姿は美しい。ボブに切り揃えた髪の毛を耳にかけて、その上に椿の髪飾りをつけている。確か、親戚の集まりで近くに来ている春町さんのお祖母さんが、せっかくだからと着せてくれたのだと言っていたな。

　思わず見惚れてしまったせいか、東堂が僕の視線の先を追い、「あ」と口を開いた。

「春町さんだ」

　ぎょっとした。しまった、東堂に彼女の存在を気づかせてどうする⁉

「せっかくだし声かけるか」

　悪気なく言って、東堂は彼女の元へ歩き出した。「ちょ、ちょっと待って」と僕も慌ててその後ろについた。

「春町さん」

　東堂が雑味のない、無駄にいい声で彼女を呼んだ。その黒髪乙女が振り返る。椿の髪飾りの下についた金色の組紐が動作に合わせて微かに揺れた。

「東堂くん……それに千駄ヶ谷くんも。初参りですか」

なんというか、今日の春町さんはいつも以上に、その可憐さを増していた。いつもは涼しげな目も上向きの睫毛がくるりと際立って、麗しく輝いている。あまり言葉数の多くない唇も装いに合わせて紅がのせられ、なんだか妖艶さまでプラスされているようだった。

もともとの造形美に足された装飾に息を呑み、僕は顔から火が噴きだしそうなほど体温が上昇してしまう。そもそも服を着込みすぎたかもしれない。

「ここ、俺のじいちゃんの神社なんだ」

「ああ、そういえば、そう言ってましたよね」

「そう、だから手伝ってたんだけど、時間ができたから勝と参拝でも行こうかなって」

な、と声をかけられたが、僕はすぐに反応ができず遅れて「あ、ああ」と頷いた。

「千駄ヶ谷くん？」

どうしたものか、楚々(そそ)とした彼女の姿に言葉が出てこない。「あ、あの、その」とただひたすら口を動かすことしかできないだなんて、こういう時、東堂なら……なんて考えたのがいけなかった。

「春町さん、振袖すごく綺麗だね。黒髪だからかな……赤色も素敵だし、そういうのも似合うんだ。いいね」

「勿体ないお言葉ですが……ありがとうございます。祖母に着付けの練習に着させられたといいますか……」

さらりと褒める東堂と少し照れ臭そうな春町さんを交互に見ながら、僕の頬はみるみるこけていったに違いなかった。やってしまった、やらかしてしまった。

ライバルに先手を打たれてしまった。僕はいつだって一歩が遅い。

しかし悔やんでいても仕方ない、僕だって……。

「は、春町さんっ」

「はい？」

「にっ、似合ってますね……赤色……」

おいおいポンコツ。それはさっき東堂が言った言葉だろうが。どんな誉め言葉だ。精一杯とはいえ、もっと言い方があるだろう。下手くそめ！

「あとその、かみかみっ、髪飾りもすごくいいで、すね。椿ですか？　可愛いですね」

〝かみ〟って何度言えば気が済むんだ。噛み噛みなのは僕だろう。

「ありがとうございます。正直、動き辛いので着てきたことを後悔していたんですが、そう言ってもらえるなら、着てきてよかったかもしれません」

　春町さんが僕にも頭を下げる。そんな仕草さえ淑やかで綺麗だな。と、見惚れていると、「あらあら、亜霧〜！」と少し掠れた高い声が聞こえた。はっとしてそちらを見れば、春町さんの友人の安曇珠音がいた。

　彼女は落ち着いた見た目をしている春町さんと違いミーハー女子で、悪い子ではないが……というか春町さんの友人なのだから悪い子とは思いたくないのが本音だが、思ったことを口に出すタイプの気の強い人間だ。

「男二人と喋ってるからナンパでもされてるのかと思ったら、噂の東堂くんじゃん」

「噂？」と東堂が反応すれば「イケメンだって噂」と躊躇なくつけ足した。東堂は誰にだってよく褒められるから、あまり動じるタイプではないが当たり前のように言われるとは思っていなかったのか「ど、どうも」と珍しくたじろいでいた。

「そんでもって、そのイケメンと仲のいい眼鏡くん」

「こら珠音、千駄ヶ谷くんだって言ってるでしょう」

「わかってるって、ふざけただけじゃん。ね？　千駄ヶ谷勝くん」

ふふんっと猫のように口を曲げる彼女に、僕もまた気圧された。悪い子ではない、悪い子ではないのだろうけど、春町さんと友人関係であることはやはり不思議だった。

「あ、そうそう。でさ、どうする亜霧」

十六面ダイスのようにコロコロと話している内容が変わる彼女の、色を抜いたアッシュグレーの長い髪がふわふわと揺れる。

「カウントダウンのあと、月詠に移動する？」

「月詠？」と反応するのは、意外にも東堂だった。僕が思わずそちらを見れば、「月詠神社のこと？」と首を傾げた。

「知ってるのか、東堂」

「ああ。うちの神社の系列だから」

なんたる偶然か。世間とは広いようで狭いとは、まさにこのことだ。

「へえ……そうなんですか」

春町さんが珍しく興味を示した顔を東堂に向けている。春町さんは恐らく月詠神社に反応しただけだろう。しかし他意はないとはいえ、そこはかとなく悔しい。

って。ちょっと待て、僕って奴は少しずつ面倒臭い男になってきてないか？

駄目だ、嫌われてしまうじゃないか！　と頭を抱えて苦悩していると、安曇さんが
「すぐにゃん、大丈夫？」と訝しげな顔をしていた。僕をご当地キャラのように呼ぶ

のは直ちにやめてほしい。

「でも……近頃、経営も危うくて今後続けていくのも難しいって話が出てるんだ。まあ確かに、建物も老朽化が激しいしな」

「えっ、そうなのか？」

僕は再び東堂に顔を向けた。続けていくのも難しいってことは……。

「ああ。ただ、取り壊し反対の声もあってまだ保留の段階だけど、その反対意見を言う人も年々いなくなってるから……あの辺って年配の人が多いだろ？　だから、必然的に」

あまり気の進まないような声に、僕は自然とあの人のことを思い出していた。

信仰する人が減れば減るほど、存在が淘汰されてしまうという僕の考えは……間違ってはいなかったんだ。ともすれば、あの人はそのうち……。

「東堂」

「ん？」

「悪いが、僕も……月詠の方に行きたい。ダメか？」

東堂は少し驚いたような顔をしていたが、すぐに「ああ、行こうぜ」と頷いた。

「ちょうど親から祝い酒渡しに行くよう頼まれてたから」

「じゃあ、東堂くんたちも一緒に行こ」

安曇さんが軽く言って、「ね、亜霧」と春町さんの腕を摑んだ。彼女は控えめに頷いて、僕のことを見た。

「いいですか？」

そうして、わざわざ確認をされたので、僕はどぎまぎしながら頷いた。そんなものいいに決まっている。

過去の僕とは比べ物にならないくらい幸せな展開に胸が躍りそうになったが、あの人の神社の事情を聞いたあとだと素直に喜べなかった。

どうしてあの人は、僕のことを助けてくれるのだろう。一宿一飯の恩義と言っていたけど、本当にそれだけなのだろうか。さっき流れ込んできたあの小さな頃の思い出は、一体なんだったのだろう。

考えれば考えるほど疑問は尽きなかったが、周囲の賑々しさが一層増し、その疑問も薄れてしまう。どうやら、もうすぐ年を越すらしい。

「あと少しでカウントダウンだ」

東堂が空を見上げたので、僕も思わず天を仰いだ。なんと素晴らしい満天の星か。だが周りの灯りで些かぼやけて見えるのが勿体ないと思った。

やがてカウントダウンがはじまる。

久しく朝を迎えていない気がした。いや、明日も明後日も、そのまた明日も、もう日の出を見ることはないかもしれない。全ては〝この夜〟にかかっている。

「じゅう！　きゅう！」

三年前、僕はこの時点で既に逃げ出していた。正面から向き合いもせず、僕には彼女の隣に立つことすら相応しくないと思っていた。

東堂が僕の肩を掴んだままスマホの秒数を見ている。安曇さんも、周りの人たちも。

「はち！　なな！」

僕は春町さんを見た。彼女は安曇さんと一緒に覗き込んでいたスマホから顔を上げて、僕の方を見つめた。

「ろく！　ご！」

こんなこと、天地がひっくり返ってもあり得ないことだと思っていた。

「よん！　さん！」

ともに年を越す、だなんて。こんな縁起の良い行事を、一緒に過ごせるなんて思いもしなかったのだ。

「に！　いち！」

それもこれも、あの飲んだくれ神のおかげなのだと思うと、信じる心も捨てがたいものだと思った。

除夜の鐘とともに、僕の想いもさらに増していく。どうしてくれる。どうしてくれよう。

「ハッピーニューイヤー!!」

この夜を、この初恋を、

「あけましておめでとうー！」

もう一度、失敗してしまったら。

「春町さん」

僕は本当の意味で、死んでしまう気がするんだ。

「あけまして、おめでとう」

これ以上の恋を、見つけることなんて、もう不可能だ。

「あけましておめでとうございます、千駄ヶ谷くん」

頭を深々と丁寧に下げられてしまう。僕は再び「おめでとうございますっ」と今度は頭を思いっきり下げてそれを告げた。

顔を上げると、安曇さんが僕の顔を露骨に覗き込んでいて、「わっ」と上擦った声が出そうになった。な、なんだ……？

「はーん？」

訝しげな顔でそちらを見ると、彼女はさながら探偵のような表情で、僕のことを暫く眺めていた。僕は追い詰められた犯人のようにダラダラと冷汗を掻いてしまう。

「よし、そろそろ移動するか」

東堂がスマホを仕舞いながら僕に声をかける。

「春町さんたちももう行く？」

「行くー！」

手を上げて答える安曇さんに、東堂は「わかった」と頷いた。

「じゃ俺、親に言ってくる。この建物回って後ろの道路に車つけるから、そこで集合な」

東堂の運転する車内では主に安曇さんが話すことが多かった。

「東堂くんって免許持ってたんだ。さすがイケメンは車が似合うねえ」

「親にとれって言われてたから、こういう時の駆り出し要員で。つかイケメンとか関係ある？」

「大アリ。車運転してる時の男って、なんだろう……こういつもの数倍増し格好良く見えるから……まあ、東堂くんははじめから格好いいけどね」

「はは、どうも」

マシンガントークを続ける安曇さんに、そのまま軽く受け流す東堂。僕はその姿を横目にさすがだ……これが男の余裕ってやつか……と心の中で密かにメモをとった。

「ね？　亜霧もそう思うでしょ？」

って。待ってくれ、この流れでそのパスは……！

「はい。格好いいと思います」

「……あー……ありがと。つか春町さんにそんなこと言われんの慣れな……」

「運転している人って」

「はっ。なんだ、そっちか」

噴き出すように潑剌と笑う東堂にぎくりとする。春町さんは首を傾げて「私、今何か変なこと言いました？」と訊ねる。

「いいや」と短く笑う東堂に、未だ理解できていなさそうな春町さん。そして「さっすが亜霧」と安曇さんが感心したように頷いていた。なんだろう、この流れは……。

横目に東堂を見る。人当たりのいい東堂だけど、こんな風に穏やかに笑う姿は珍しい。しかも、異性に向かって。

彼女の反応が気になり思わず振り返れば、春町さんと目が合った。そして咄嗟に逸らしてしまう。

どうしよう、逸らすべきではなかった。なのに彼らの〝お近づきフラグ〟が立ちつつある状態を目の当たりにすると、我慢できなかったのだ。今のは……この流れは、完全によくないぞ。

なんて、僕の心が窮地に陥っている間に月詠神社に辿り着いた。

大学一年、初夏の頃。書き換えてきた過去の中で、春町さんとここに来た。

まさかまたこうして、訪れることになろうとは。

「じゃ、俺は挨拶を先にしてくるから」

お酒を持った東堂が「先に行ってて。これ渡して挨拶してくる」と歩いていく。取り残された僕らは「んじゃ行きますかー」という安曇さんの声で、ようやく動き出した。頭上からははらはらと雪が降り始め、思わず空を見上げようとした時、春町さんから声をかけられた。

「一緒に来るのは久しぶりですね」

「え……？」

「覚えていませんか？ 寅三郎の……」

「そう、ですね」

ぎこちなく頷く。彼女にとって懐かしい出来事も、僕にとってはつい最近の出来事なのだ。そう思うと妙な気分だった。

境内を見回せばわかるが、やっぱりここは東堂の親戚である神社に比べて大分規模が小さく、その上、参拝者はわかりやすく少ない。見た感じ、若者よりも年配の人の方が多い。これでは信仰する人が年々減ってもおかしな話ではないな。ただ、さすがにこんなめでたい日に、あの人もここをほっぽり出して飲み歩いているなんてことはないと思うが……。

「あーぎりぃ、おみくじ引こうよ」

安曇さんが春町さんの腕を引いた。彼女は僕の顔を見て何かを言いかけたあと首を振って、ゆっくりと頷いて安曇さんのあとをついていく。

その姿を見つめていると、「よっ！」と背中を叩かれた。一瞬、東堂かと思ったが、女性らしく高い声に僕はすぐさま振り返った。

「宣伝ごくろう、千駄ヶ谷少年」

「……あっ！」

「参拝客を増やすために連れてきてくれたのだろう？　これで飲み代が弾むものよ！」

いやぁ礼を言うよ、よくやった、と微笑むその人は相変わらず美しく、それでいてまるで若者らしい派手な格好をしていた。いつ見てもまるで変わらないその姿を見て、内心ほっとする。やっぱり、ちゃんといた。

「……って、いうか飲み代⁉　あんたこの神社やばいこと知っててそれ言ってんなら狂ってんぞ！」

「おいおい、何を言う。神への冒瀆だぞ？　口を慎め少年」

「いやだって……！」

周りを見遣れば、敷地の中で会話に花を咲かせて、酒を飲み、笑い合う人々。この先、この場所を、あとどれほどの人たちが訪れてくるのだろう。

「この人たちがいなくなったら、どうなるんですか……」

「どうもしない。ただ新しい時代が流れていくだけさ」

「そういうことを言ってるんじゃなくっ！」

マスクを指先で下げて声を張った僕に、その人は手のひらを向けると、ちょいちょいとその先を揺らした。「？」とその顔を訝しげに見れば「ほれ」と続ける。

「今日は揚げ饅頭はないのか？　以前くれただろう？」

「……こんな時まで、持ってるわけないでしょう」

「なんだ、つまらん男だな。こんなめでたい日に」

「こんなめでたい日にそんなものをたからないでくださいよ」

人々が賑わう中、ふと思った。この人って、みんなには見えているんだよな……？

と、なれば話している姿を誰かに見られて……万が一誤解でもされたらたまったものじゃない。

この人、〝見た目だけ〟は美しいから、どう考えても不釣り合いな僕にヤジが飛ぶに決まっている。

マスクをつけ直し、距離をあけるか……と頭の片隅で考えたところで「参拝は済ませたのか？」とその人が再び口を開いた。

「あ……そういえばまだ」

「相変わらずグズだなぁ。そうやってうかうかしているから好きな女も大親友にとられてしまうんだぞ」

ぐっ、と黙り込む。そんな僕を見て「どうした。気に障ったか？」とその人が首を傾げた。

「……あの」

「なんだ」

「僕のやろうとしていることは、正しいと思いますか」

「何故そんなことを聞く？　お前は、オレを未来で助けたのだろう？　その対価に不満でもあるのか？」

「いや、不満なんてあるわけないじゃですか。寧ろ感謝してもしきれないくらい、です」

「ならいいじゃないか」

そういうことではない。僕のやっていることは結論からいえば悪だ。自分の気持ちを優先して、親友の好きな人にアプローチをかけて、さらにいえば、この人の僅かに残った力を、僕の、たった一人の初恋のために使ってくれているのだと思うと、やっぱり申し訳ない気持ちになってしまうからだ。

「前だけ向こうってずっと思ってました。いっそ悪魔にでも心を売った気持ちでいれば、罪悪感なんて感じなくて済むって。……だけど、本当にいいんでしょうか。それで、誰かを傷つける形にでもなったら、僕は……」

「そんなもの今更だろう」

バッサリと切り捨てられる。この人は神様と名乗るくせに、どこか慈悲がない。

「良心が傷ついているのだとしたら、相変わらず愚かな男だな。……普通なら棚ぼた思考で自分の思い通りに時間を進める人間ばかりだと思うが」

派手なブルゾンの両ポケットに手を入れる。ふぅ、と吐き出したその人の息は白くて、神様だって息をするし、吐き出す息は白いのだな、となんとなく思った。

「どこからどう見ても、悪者ですよね」

「傍（はた）から見ればな」

ずばりと言われる。そしてさらに続けて「で、だからどうした？」とも言われた。

「それはお前が勝手に抱いている罪悪感であって、相手がそう感じているかはわからないじゃないか」

「何言ってるんだ、そんなこと思わないわけ……」

「では聞くが自分の大切な人が大事なことをこの先一生黙っていたとしたら……お前はどう思う？」

本当の気持ちを、隠されていたなら。もしもこの立場が逆だったならば。

「自分の知らないところで、それこそ死ぬほど傷ついて慟哭（どうこく）し、そんなことも露知らず、お前はこの先もずっと、その相手の前で笑って過ごせるのか？　それを果たして親友と言えるのだろうか」

僕はどう思うだろう。余計なことを、って思うのだろうか。

それとも、なんで言わなかったんだ、と相手に怒るのだろうか。

「どんな結果になろうと、大切な相手へ真正面からぶつかることは決して悪いことじゃない」

わからない。僕は自分に自信がないから。

でも、お前が後悔しているなら本音でぶつかってほしかったと、親友なら……東堂なら、そう言う気がしている。

「傍から見た他人の意見なんて考えるな。自分の心に、ちゃんと味方してやれ」

「……」

『ならやめるか？』と未来のこの人に言われて、僕は結局首を縦に振らなかった。もう、後悔なんてしたくなかったから。僕の初恋に、けりをつけたかったから。

「それに、新年の祝いに一つ。悪魔的助言をやろう」

「……すみません、聞き間違いですか？　今悪魔って聞こえたんですが？」

訝しげにそちらを見れば、その人は茅色の目を美々しく輝かせると、ゆっくりと細めた。その蠱惑的な表情を見て、僕は一瞬たじろぎそうになった。

「お前にとってのタイムリープは、彼らにとってたった一度しかない僅かな時間だ」

人差し指と親指で隙間を空けて、自分の目に近づける。その形の良い目が灯籠から零れ出る灯りに照らされて、さらに力強く輝いた。思わず生唾を呑みそうになる。

「つまりこの世にいる人間、誰一人、お前のそのちっぽけな罪悪感に気づいちゃいないし、気にしちゃいない」

……ちょっと待て。ちっぽけとは聞き捨てならない。

反論しようと口を開きかけると、今度は〝ちっぽけ〟と、指でものさしを作っていた手を上げて、人差し指を立てると僕の眼前に勢いよく突き立てた。

あまりの勢いと真剣な眼差しのせいで、かけていた眼鏡が冷えた鼻先にずり落ちそうになる。ついでに僕は寄り目になった。

「進むべき道を、ただ進め」

「！」

「これはチャンスであり、存在し得た選択肢だ」

「…………え？」

遅れてその人を見るとにんまりと口で弧を描いて、「ま」と盛大にその長い黒髪を背中に払った。

「この時間のオレが言えることはここまでだな。お前に実際関わっている〝オレ〟ではないし、超過サービスはごめんだ」

スキニージーンズを纏った長い足を翻しながら、その人は僕に向かって背中を向ける。さらさらと揺れる黒髪に、細かな光が舞っているように見えた。

いや、光じゃない。灯りに反射した雪だ。道理で寒いわけだ。また体調を崩してしまいそうだと思った瞬間、僕は小さなくしゃみをした。

「ただそうだなぁ」

黒色のキャンバスに真っ白な粉雪が、優しく吹きつけられているような空だった。

幼い頃に見たあの白い石のように、真っ白な肌で粉雪を弾くように振り返った。

「賽銭箱に千円入れてくれたら、特別に。いいものを見せてやろう」

「は……？」

「あの娘を連れて境内の裏側に向かえ。見て損はない」

「あんたな……神様のくせに金をせびるなんて……」

「勝？」

振り返ると、そこには訝しげな顔をした東堂がいた。僕はげっとわかりやすく、冷汗を流す。

「誰と話してんだ？」

「は？ あ、いや……」

慌てて顔を前に向けると、そこにあの人はいなくなっていて、思わず「え、あれ……？」と辺りを見回した。東堂は「大丈夫か？」と不思議そうに首を傾げている。

「あ……いや、ごめん、なんでもない……」

「……そうか？ まあ、いいけど。俺も挨拶終わったし、そろそろ参拝にでも行くか」

「ああそうだな。あ、あのさ、東堂……」

「ん？」

ちゃんと聞いておきたい。東堂、お前なら――。

「……いや、ごめん。参拝だったな、行くか」

話を切り替えるようにしてその隣に立つ。そんな僕に、東堂は「ああ」と曖昧に頷いて、再び歩き出した。こういう時、自分の気持ちのみならず、相手の気持ちを知ろうとするのもまた勇気がいることだと改めて理解する。

僕は自分の直り切らない不甲斐なさに溜息を吐いて、この夜の締め括りについて考えることにした。当然だが、このままではまた彼女に『結婚します』と言われてしまう未来しか見えない。

——『賽銭箱に千円入れてくれたら、特別に。いいものを見せてやろう』

畜生。この短期間で何度も神頼みをしている気がする。

左では東堂が手のひらを合わせた。右隣を見れば、春町さんと、その隣で安曇さんが手のひらを合わせている。

ここで僕が願うべきことはなんだ。春町さんとどうか結ばれますように？　この恋が上手くいきますように？

いや、そうじゃない。多分、今の僕へ向けて、もっと頼むべきことがあるだろう。

僕は財布の中から千円を取り出す。そしてそれを賽銭箱に入れたら、もう目を開けていた安曇さんが「うっそ、すぐにゃん。太っ腹！」と身を乗り出して声を上げた。

だからそのすぐにゃんって呼ぶのを直ちにやめてくれ。

そんなことを思いながら、二礼二拍手一礼にのせて願う。

『後悔のない、明日を目指す』

簡単に聞こえて、それが一番難しい。あとになってわかることはいっぱいある。

だから後悔だってするし、失敗だってする。今できることに怖気づいては、結局望んだものなど手に入れられるはずもない。

「春町さん」

目を開いて、すぐ隣の彼女に声をかけた。

「え？」

「建物の裏の方、歩いてみませんか……？」

大仰なことは目指さなくていい。僕は今できることを。

後悔のない勇気を、踏み出すだけだ。

「裏って……すぐにゃん、うちの亜霧となーにやらしいこと企んでるんですかぁ？」

「やっ⁉　誰がそんなこと！　ってか、安曇さん、その呼び方やめてくれませんか！」

「えー？　すぐにゃん可愛くない？」

「可愛くない！」

「悪くないじゃん？　すぐにゃん」

「東堂まで！」

階段を下り、砂利を踏み締めながら二人を睨むと春町さんが頷くようにして、「すぐにゃん……」なんて呟いた。

ぴしり、と固まる。「つーか、千駄ヶ谷くんってこんな大きい声出るんだねえ」と呟く安曇さんに「勝はこう見えて結構喋るよ」と東堂はまるで他人事のように呟く。

「ふーん、うけんね？　ってか、神社の裏側ってどうなってんの？」

「あー……どんなだったっけ。俺はあんまここに詳しくないからなぁ」

ついてくる気満々の二人は僕の横を通り過ぎて、先を歩いていく。固まったままの僕は春町さんのすぐにゃん呼びの衝撃が抜けないでいた。

「千駄ヶ谷くん？　行きましょう」

安曇さんたちについていきかけた春町さんがこちらを振り返る。僕もぎこちなく振り返って、「あ、はい……」とか細い声で頷いた。

「春町さん、大丈夫？」

振袖の彼女を気遣ってか、スマホのライトで足元を照らしてあげる東堂。……ああ、こういうところだ。できる男すぎて何も言えない。本当に素晴らしい。

自分から行こうと言い出したのに、最後尾を歩いている僕も情けない。後悔の念に駆られそうになっていると、「え！　なにこれ!?」と先頭を歩いていた安曇さんが声を上げた。

「ちょっとコレやばくない？　マジ映(ば)えんだけど！」

暗かった世界が急に明るさを取り戻す。ずらりと並んだ赤い灯籠が、両脇から道を照らすように辺りを輝かせている。

まるで未知の世界に連れていく演出をする映画のワンシーンのように、綺麗な光景に僕も「えっ」と足を止めてしまった。

「こんなのあったっけ？　小さい頃から知ってるのに……はじめて見る……」

東堂も不思議な顔をしている。それもそうだ。彼に至っては、何度か訪れた神社に違いないのに。

「ラッキー！　誰もいないじゃん、撮り放題だわ！」

そう言ってスマホを取り出す安曇さんの発言にまさかと思う。東堂がここを知らないのも、誰も足を踏み入れていないのも、まさかあの人の仕業ということか。

いや、でも千円を入れただけで……こんな大掛かりなこと……。

「綺麗……」

そんな中、春町さんが見惚れるように、光に囲まれる道の先を眺めていた。黒絣の綺麗な瞳の中で、光を躍らせている。はらはらと舞う雪の中、この場所から見える彼女の横顔に僕はマスクの中で開いた口をぐっと引き結んだ。

完敗だ。僕の力だけでは、その表情を引き出せることなどできやしない。

「……あの、千駄ヶ谷くん」

「え……あ、はいっ！」

名前を呼ばれて慌てて顔を逸らした。盗み見ていたことがバレてしまっただろうか。

「この場所、知っていたんですか？」

「あ……ああえと、神様が………いや！　えと知って、はなかったんですけど……教えてもらって……」

ぎこちなく言う僕を彼女はじっと見つめている。その表情には、この場所を知っていた僕への賛辞すら見受けられて緊張した。

「春町さんが気に入ってくれたなら、来てみて、よかった」

ぽつぽつと呟く。言ったあと、やけに恥ずかしくなった。

外はこんなにも寒いのに、じわじわと汗が滲んだ。

このあたたかな光のせいか。それとも、彼女が僕を見ている気がするせいか。

「……少し避けられてるかと、思っていました……」

「え？」

「車の中で目を逸らされてしまったので……私、何か間違えたのかと」

目が合えば、逸らすことが難しい。

「い、や……春町さんが間違えることなんてない、です」

そんな不思議な力を彼女には感じる。

「間違えるとしたら、僕だ……」

たくさんの灯籠に挟まれていると、なんだか現実味がなくて、地に足がついているような感じがしなかった。

この幻想的な美しさを放った光で、優しく舞い散る雪が僕の背中を押していた。今日しかない、今しかないと。

「え……」と彼女の桜の花びらのような小さな唇が微かに開く。僕は一度目を伏せて、深呼吸をした。空に月に大地に風に雪に、万物に感謝をした。この最高のシチュエーションをくれたあの人にももちろん、この清風明月が似合うこの年始に僕は顔を上げ、僕の初恋とようやく対峙(たいじ)した。

「春町さん、僕……っ」

「………」

「春町さんのことが、ずっと！」

そのさらりとした黒髪にはらはらと雪が落ちていく。まるで神様に、紙吹雪を頭上から降らされながら、「さあ、いよいよ完結だ」とエンディングに進められているようだった。

「ずっと！」

今、世界の全てが、僕に味方をしてくれている。

雪が肌の上で溶ける度、やっぱり寒いのか暑いのかわからなかった。きっと緊張しているせいだ。浅くなる呼吸にあわせて視界がぐにゃりと歪み出す。

「千駄ヶ谷、くん？」

訝しげにこちらを見る春町さん。待って、もうすぐそこまで伝えたい言葉が出てきているんだ。あとちょっとなのに、どうしてだろう。喉の奥でつっかえて出てこない。代わりに、今にも出てきそうなのは、胃液とともにせり上がってきた栄養ドリンクだった。

しまった、忘れていた。今の僕は、見せかけの健康を演じていたことを。

ぐらぐらと目眩がしはじめて、春町さんが「千駄ヶ谷くん、大丈夫ですか？」と言っている声さえ、熱湯に浸したみたいにふやけて聞こえた。

喉の奥が「うっ」とついに嘔吐き出す。ああ、なんてことだろう。いやだ。こんなところで、こんないいところで、しかもこんな醜態を晒すわけには……。

そこまで考えたところで、僕の我慢はついに限界を迎えた。

逆流するそれらを必死に頰を膨らませてせき止める僕は、急速に血の気が引いて、ふらり、と背中から盛大に倒れたのだった。

バタンッと大きな音を立てた僕に気づいて、東堂たちが駆け寄った頃。

僕の視界は完全に世界を遮断していた。

ああ、またこうして、僕は軟弱で頼りない男だと春町さんや東堂の記憶に足されていってるのではないだろうか。

「千駄ヶ谷くんっ！」とそんな彼女の叫ぶような声を最後に。

僕はその過去で、とんでもない大失態を起こしてしまったのだと悟ったのだった。

第五幕　真夏の夜の幕引き

「…………や、やらかした……」

「やらかしたな。それも清々しいくらい盛大に」

鉛のように重い全身を芝生の上で横たわらせて、ぼんやりと真上を見上げる僕は、凍てつくような寒さももはやどうでもよくなるほど呆けていた。

それもそうだ、僕はとんでもないことをやらかしたのだ。あんなに素晴らしいシチュエーションで、素晴らしい雰囲気で。

「まあまあ、すぐにゃん。落ち込むな。栄養ドリンクを吐き出したくらいで」

「へんな呼び方しないでください……」

僕がいくらツイていないとしても、不幸体質だったとしても、好きな人の前で嘔吐はない。間違いなくない。

ポロっと目の端から、涙が落ちた。情けない、本当に情けない。

涙を流しながら洟を啜る。すると、ポケットからスマホが落ちたような気がして、僕は軋む腕を動かしながら、叩くように手に取った。

時刻は二十時五十分。今回は何ができただろう。未来を変えられているような気が全くしなかった。

「それにしても、稀に見るドジっぷりだな。オレがあんなに素晴らしい景色を用意したっていうのに、貴様は好機を台無しにする天才か？」

暫く涙がぼろぼろと零れて仕方なかったが、いつまでもこうしているわけにはいかない。頭も、背中も何もかもが、ぐらぐらと重い身体を起こすと、また骨が軋んだ。

あと何回かこのタイムリープを繰り返してしまえば、僕は本当の意味で死んでしまう気がしている。

今回ばかりは、甘んじて運命を受け入れるしかないかもしれない。歯を食いしばって、スマホを眺めていたが、二十一時を過ぎても、春町さんから連絡が来ることはなかった。……あれ、おかしい。

「……あの、連絡が来ません」

「んん？」

「春町さんに何かあったんでしょうか？」

「んー、いや。わからん」

「なんで神様なのにわからないんですか」

「なんで神様が全てわかっているとと思ってるんだ」

当たり前のように言われて、僕はぐっと口を閉じた。それは確かに、言われてみればそうかもしれない。

「じゃ、じゃあ、これはタイムリープ成功ということですか」

「栄養ドリンクを口からぶちまけて、大事な初詣を台無しにしたことを成功というのであれば、そうかもしれないな」

「あなたはいちいち僕の心を抉らないといけない病気にでもかかってるんですか？」

「気になっているのなら電話をかければいいだろう。必ずしも春町亜霧からかかってくることを待っている必要はない」

地面に座り込んだままの僕に、その人はその長い黒髪を偉そうに払った。

「そ、それはそうですけど……わざわざ振られるために電話をかけるのは……」

「しかし結果がわからんことには、貴様の運命も決めかねる。このまま生かすか殺すか。このやり直しが失敗で終わるなら、お前はどうあがいてもお陀仏だからな」

神様が『お陀仏』というのはなんとも奇妙である。

「さ、どうする？」

「わ、わかりましたよ……電話しますって」

だからあまり物騒なことを言わないでほしい。僕のメンタルは瀕死寸前なのだから。

スマホから聞こえる呼び出し音に合わせて、心臓の音が大きく脈打つ。すると暫くして通話越しに『はい』と彼女の声が聞こえた。

「っは、春町さん？　あ、僕です、千駄ヶ谷、です」

『あ、千駄ヶ谷くん。ちょうど今、あなたに連絡するかどうか悩んでいたんです』

「え、悩む……？」

『はい……だって、一年の時の初詣以来、あまり話してないじゃないですか』

「……へ？」

は、話してない……？　どういうことだ、なんで……。

『千駄ヶ谷くん、ずっと私を避けていましたから』

「はあ!?」

『ど、どうかしましたか？』

「あ、いやっ、ごめんなさい」

なんだ、つまり。僕はあのあと、あまりの失態に春町さんと顔をろくに合わせることができなくて、継続して今までやらかしてたってことか……？

「なんて精神の弱い男なんだ、驚きだな」と呟いたのは、一応言っておくが僕ではなく通話を盗み聞きしている神である。

「ご、ごめん……春町さん、その節は……」

『いいえ、あれは……仕方なかったんです。千駄ヶ谷くんの体調も悪かったですし、あのあと東堂くんに聞きました』

東堂、という言葉にどきりとした。「っぁ、春町さん」と震えた声で名前を呼んで、僕はスマホを握り直した。

「あ、あの……春町さんはどうして、僕に、連絡しようと思ったんですか」

『それは……』

僕はひくりと喉を鳴らした。このあとに続く言葉を僕はもう、知っていたからだ。

『私、卒業したら東堂くんと結婚するんです』

あと何度、この言葉を聞けばいいのだろう。涙がぽた、と頬から落ちた時、僕は自分で思っていたより心が傷ついているのだと知った。

耳からスマホを離してしまう。向こう側で、何かを話している彼女の声だけがただの音として無機質に響いていた。

「まだ泣くのか、愚か者め」

頭上から降ってきた声に顔を上げる。冬の凍てつく風がその人の背後から吹きつけるから、黒い髪が前に向かって流れていた。

あの派手なブルゾンのポケットに両手を突っ込み、にっと得意げに笑う。

その人間らしい姿が、神社で見た時と重なる。飲み歩き、お金をせびり、乱暴な言葉遣いで、僕よりも随分人間臭いのに、この人にはやっぱり普通のものとは違うオーラがある。神様とは近くにいるように見えて、やっぱり遠いものなのだとこんな時に思い知らされる。

「涙は、やり切った時にこそ流すものだ」

わかっている。尤もな言葉だ。それでも悲しくて、自分に悔しくて、感情が止まらない。頑張りたくても頑張り方がわからない。いくら勇気を振り絞っても、結局無駄に終わってしまう。何もかもがダメダメで、全くもって決まらない。

そんな不甲斐ない僕から顔を逸らして、その人は何を思ったのか「それにしても」と河川敷（かせんしき）をゆっくりと見回した。

「あの時、よくわかったなあ。月詠にオレがいるって」

洟を啜りながら、僕は膝を抱えた。自分で、あそこにいるって教えてくれたんじゃなかったのか、という思いでぽつりと口を開く。

「……小さい頃の記憶に戻してくれましたよね」

僕は幼い頃、確かにあの神社へ参拝に来ていた。あまりに遠い記憶のせいでずっと忘れていたけれど、ようやく思い出せた。

「その時に見た、祠の中の石からあなたと同じ気を感じました」

あの神社で見た白い石は……。

「あれは、あなたかなって。……また、サービスで戻してくれたんですか？」

「……いいや。言っただろう？　オレは超過サービスはしない主義でね」

ポケットから出した手のひらを暫く見下ろし、今一度前を向いた。

「お前の額に触れたことで、オレの記憶が流れ込んだんだろう。すまなかったな」

そういえば、前回飛ばされる際、僕の額にこの人は触れていた。なるほど、そんなこともあるのか。

時の流れはよくわからない。ただ、小さい頃の記憶だけ、思うように身体を動かせなかったし、春町さんと出会う時の流れと違い状況を俯瞰(ふかん)しているような感じだった。

「……でも、そうか。覚えていたんだな、忘れていただけで」

ぼそりと呟くその声がどこか嬉しそうなのは、どうしてか。

「あの……一つ聞いてもいいですか」

「なんだ」

「……月詠神社って、これからも残るんでしょうか」

「それを聞いてどうする。お前の友人の方が詳しいだろ」

「……あなたは、いなくなるのかなって」

「まるで消えてほしそうな物言いだな」

咄嗟に「誰もそんなこと言っちゃいない！」と上に向かって声を張れば、その人は笑い声交じりに「冗談だ」と呟いた。

「……オレたちは誰かに信仰されて生きていく。人々の信じる心がオレたちの存在に結びついているんだ」

――『だぁーかぁーらぁー！　ちゃんと払うって！　信じてよ！　信じる人がいる限り、この約束は絶対有効だからさぁ！』

居酒屋の店主とこの人のやり取りの中で出てきたあの言葉は、ただの言い逃れでもなかったのかもしれない。……些か無理矢理感はあるが。

「もちろん依代だって大事だ。ただ、それ以上に大切なことは、誰かに忘れられないこと」

この位置からはとてもじゃないけど見えづらい。けれども酷く優しい口調で、見たことがないような表情で微笑んでいることだけはわかった。

「人に覚えてもらえていることが、オレたち神にとっては本望なのだ」

僕ら人間も誰かに認められれば嬉しくなるし、頼りにされれば頑張ろうとする。誰かに信じてもらえることは、忘れられないでいられることは、やっぱり嬉しいものなのだ。結局、神様も僕ら人間と、何ひとつかわらないのかもしれない。

「それに、いなくなりはしないさ。お前がいる限りな」

こちらを見下ろす。その得意げな顔が腹立たしい。まるで僕がこれから先、お前をずっと忘れないと言い切られているようではないか。

「揚げ饅頭のおかげで少しは寿命が延びたしな」

「え、あんなので……？」

「あんなのとは失礼な。お供え物は信仰の一つだ。全て糧になる。……とはいえ、正直賽銭が少ないのはキツイな。居場所の維持が厳しい」

「……だったら飲み歩くのをやめればいいのでは」

「それは無理な話だ」

きっぱりと言われる。さっきまでちょっといい話をしていたような気がしたのに。

「なんだ？　その目は」

「……呆(あき)れてるんです」

「何故だ？　娯楽あってこその人生だぞ！　楽しまないで、なんのために生きる？」

娯楽を求める神がいてたまるか！　と突っ込みたくなったが、呆れてものも言えないとはこのことだった。

「それで、勝青年。次はどうする？　続けるか？」

「……あ、そうだ！　春町さんと一刻も早く、仲直りを……」

「はっ、そうこなくちゃな」

一際明るい声で言ったその人は、にっこりと微笑んだ。

「君は見落としている部分がたくさんある」

途端、金属を弾く音がして、「え……」と間の抜けた声を出した僕の眼前に銀色のナイフが突きつけられた。

それはさすがに予想していなかったと思った瞬間、しゃがみ込んだその人が、僕の身体を抱き締める。ふわりとした優しい香りとともに、血肉を抉るように心臓を突き刺された。ああ、痛い。

「人生とは酸いも甘いも嚙み分けるものだ。勿論、痛みもな」

全く上手くない。

「ぁ、ひ、とを、さすかみ、がいて……」

たまるか、という言葉は脂汗が滲んだ瞬間に消えた。

「……頑張れ、〝少年〟」

目を覚ませば、サークル『真夏の夜の夢』の夜公演の舞台袖だった。忙しなく動いている袖で、唯一棒立ちの僕は状況を理解するのに十秒ほどを要した。

僕は自分が黒服を着ていることに混乱しながら、そしてすぐさまズボンのポケットを探った。すると、ペンライトが出てきて、自分が袖待機の黒子であることを知る。

急いで腕時計を照らせば、十九時を差しているのが見えた。その隣にある小さな数字は日付を示していて、今日が大学二年の七月九日であることを教えてくれた。

今日は確か、僕ら二年生がはじめてメインになって動き出す公演日だ。

やはり過去をどんなに変えようと、続く未来はさして変わらないみたいだったが、ひとつ違うとするならば、僕が今日、黒子としてこの舞台に参加していることである。

本当はこの日、幽霊部員も同然だった僕は困った時の大道具運びに徹していて、一仕事終えたあとは、客席からみんなの公演を眺めていた……はずだった。

「何ボーっと突っ立ってんだ、お前上手だろ?」

誰かに肩を叩かれる。はっと隣を見ると、衣装を着た東堂がそこにいた。衿が無駄に大きい臙脂色のコートを着た東堂は、本当に様になっていた。

今回の舞台は、サークル名に相応しく、シェイクスピアの『真夏の夜の夢』を題材にするらしい。シェイクスピアといえば僕的には悲劇を想像するが、これは喜劇である。しかし、途中のいざこざはやっぱり外せない。

簡単にあらすじをいえば、男女が四人ほど出てきてそれぞれの恋心という名の矢印が、妖精の魔法によってあっちこっちを向いてしまい、関係性があべこべになってしまう物語だ。

だが紆余曲折を経て、最終的には運命に沿って、愛し合った者がくっつくような、そんなお話だ。つまりはハッピーエンド。

運命とは、やっぱりはじめから決まっているものなのかもしれない。春町さんや、東堂のように。皮肉なことに、今の状況にぴったりな物語だった。

登場人物の男女の中で、ヒロイン・ハーミアと最終的にくっつくライサンダー役は、サークル部員の満場一致で、東堂が抜擢されていた。金色の明るい髪を掻き上げて、嫌味も思いつかぬほど洋装が似合う男前、東堂宗近が女子に好かれない世界線は正直どこにも見当たらないと思った。

「ん？　どうした？」

「え、ああ……悪い。僕、上手の黒子だっけ……」

「そうだけど……大丈夫か？」と東堂が心配そうに僕を見た。僕は再度「ああ」と頷き、早足に歩き出した
兎にも角にも公演がはじまる前に、春町さんを探さなければ……。電話で聞いた話が正しければ、僕は、彼女と一月以来、半年も話していないことになる。

僕は上手に向かうふりをしながら、袖や楽屋などを探し回る。

一体どこにいるんだろう。そもそも、春町さんは確かこの舞台公演では……。

「……私は、あなたをからかいなどしませんわ」

楽屋の並ぶ通路から、舞台袖に戻ろうとした時、よく知る声が聞こえた。優しいけれど芯があって、それでいて聞き心地の好い声である。

僕ははっとして、今一度通路に戻った。自動販売機が置いてあるスペースの端の方で、春町さんがぼそぼそと台詞の練習をしていた。

「あなたこそ私を馬鹿にしているようね、ヘレナ」

この舞台当日、病欠で休んだ女の子が一人いた。その子は今回の舞台のヒロインであるハーミアを演じる予定だったのだ。

だが休みとなれば、代役を立てねばならない。僕はほとんど大道具の仕事しかしていなかったから知らなかったが舞台裏は様々な議論があったらしく、急遽、春町さんが選ばれたのだと全てが終わったあと、東堂から聞かされた。

サークル活動に真剣に取り組む春町さんの努力は凄まじいもので、自分が出ているシーン出ていないシーンでも極力、役の台詞は覚えているし、役者の出捌けの把握もいつも完璧だった。彼女が代役に選ばれたのはもはや必然といえるもので、僕はそこになんの疑問も抱かなかった。

ならばどうして彼女がここまで舞台に立つことがなかったのか、それは、彼女がなかなか緊張しいだったからだ。……と、またしてもこれは東堂から聞いた話だ。

春町さんはぶつぶつと台詞を繰り返していた。懸命に台詞を口になじませているその横顔は、今まで見たことがないくらい不安そうだった。

過去に、僕がのうのうと客席から眺めていた、春町さんの輝かしく見えたあの姿の裏に、こんな場面があっただなんて思いもしなかった。

「は、春町さん！」

「……え、せんだ、がやくん」

台詞を止め、こちらを振り向く。そうして目を見張った彼女の顔を見て、僕はやっぱり、と思った。僕は本当に、初詣から声をかけていないのか……？

「ごめんなさい……急に話しかけて迷惑、だった？」

「いえ、でも……千駄ヶ谷くん、私と話して、大丈夫なんですか」

「というと……？」

「だって初詣の時から私のこと、避けて……ましたよね」

僕は過去の僕をぼこぼこに殴ってやりたい衝動に駆られた。今までのタイムリープを全て無駄にする所業に、さらにビンタさえお見舞いしてやりたかった。

「私、嫌われてるのかと………」

「そんなっ！　嫌いなわけ……！」

そこまで言いかけて、僕は、はっとした。そして一度息を吸い込んで、「嫌いなわけありません……絶対」と拳を握った。

「っは、恥ずかしかった、んです。僕、女性にあんな……特に、春町さんには、見られたく……なかったから」

煌びやかな衣装を身に纏った彼女と目が合った。いつも思うが、こちらが恥ずかしくなるくらい彼女は本当に真っすぐ人の目を見る。

「どうしてですか」

その美々しい姿に、僕はたじろぎそうになりながら「それは……」とぎこちなく口を動かした。

あなたのことが、好きだから。と、告げるチャンスなのではないだろうか。

そう思って、僕が口を開こうとしたその時。

「いたいた亜霧っ！　最後に口論のところ、もう一度、掛け合いしながら確認したいんだけど！」

春町さんに向かって、もう一人のヒロイン・ヘレナ役の女の子が声をかけてきた。

「ああ、はい。わかりました」

春町さんはすぐに返事をした。それもそうだ、今朝代役が決まったばかりなのに、時間がいくらあっても足りないはずだった。

なのに、僕は自分の気持ちを優先させようとしてしまった……。こんな大事な時に、いくらなんでも今じゃなかった。

春町さんが少し迷いながら僕を見た。合わせてヘレナ役の子がこちらを見て、

「何？　今忙しかった？」と首を傾げた。

「っいや、別に！」と僕は慌てて首を振った。「そ」と彼女は言って、春町さんの腕を掴んだ。

うとする。

「じゃあ、亜霧。台本の……」

そのまま引っ張られていく春町さんが、躊躇いながらもその子に合わせて歩き出そうとする。

「あ……ちょっと、待って！」

慌てて声をかけると、春町さんがこちらを振り返る。

「は、春町さんなら、絶対できるから……だから、自信、持って……不安がらなくても、大丈夫……です」

拳を握って、ガッツポーズをする僕を春町さんは暫し目をぱちくりさせながら見て、どこか緊張が和らいだように口元を綻ばせた。

「ありがとうございます、千駄ヶ谷くん」

ふわりと花のように微笑む彼女に、今度は僕が瞬きを繰り返した。

そんな僕らを交互に見つつ、「ほら、亜霧。本当に時間ないっ、早くしよ」と春町さんは手を引かれていく。

このタイムリープで、僕はいくつかわかったことがある。春町さんは意外と笑う。それも、様々な表情で。

僕は思わず頬を手のひらで覆って、餅をこねるように指全体で顔を摑んだ。その表面には信じられないくらい熱が籠もっている。

それからすぐのこと、舞監を担当しているサークルの部長が「開演五分前、板ついて」と僕らに知らせていた。

そこからの記憶は正直あまりない。僕はこのあと、台本を見て急いで出捌けの確認をしたが、ぶっつけ本番はさすがにまずかった。何度かミスをやらかしたあと、当然の如く舞台監督に怒られた。

しかし舞台袖から見る春町さんの演技はそれはそれは堂々としたもので、彼女は将来、俳優になっても大成するだろうと思った。

春町さんのおかげで公演に穴をあけずに済んだ部員たちが、彼女を一躍英雄だと褒めたたえていた。みんなに囲まれた大人気の春町さんを横目に、僕は大道具を片付ける。このあと、もう一度春町さんに声をかけるんだ。そして今度こそ……。

全ての作業が終わり、劇場と称して借りていた文化ホールを出ると、何人かのサークルメンバーと一緒に春町さんがいた。

衣装を脱いだ彼女は大分素朴な印象になったが、いつもの服が落ち着くし僕はそちらの方がやはり好きだと思った。

「よし、今夜こそ」と気合を入れて声をかけようとしたその時、東堂が先に声をかけた。思わず歩みを止めてしまう。

仲睦まじく会話をしている二人は、今宵の主役同士だ。なんだか、間に入りづらい空気を勝手に感じてしまう。

僕は迷いながらも、春町さんとちゃんと話ができるようになったから、今夜はもう大丈夫だ、と自分に言い聞かせながらその場を離れた。

「春町さん、お疲れ様。今度よかったら……」

そんな東堂の声も聞こえない振りをする。

目的は達成したはずなのに、心のわだかまりはどうしても取れないままだった。

はっと目を覚ますと、屋台のベンチで横になっていた。どうやって戻ってきたのかわからないが、僕は何か痛みを感じたらしい。ぼんやりと夜空を眺めていると、ズボンの中でスマホが揺れていた。……もう何度目だろうか。

「……鳴っているんじゃないのか」

そうだ、この人がいるんだった。身体も重いし心も痛いしで、意識が回らなかった。

「どうせ、結果は同じですよ」

「結果を受け止められないものは所詮伸びないぞ」

「……」

言われていることは尤もなのに、酒を片手に言われているから腹立たしい。

どうせ、電話の相手は決まっている。そう、東堂だ……え。

「東堂⁉」

どうしてだ⁉

「おお東堂の倅か。興味深いな。出てみたらどうだ？　こんなことはじめてだろう」

確かにはじめてだ。僕は戸惑いながらも呼吸を整えて、通話ボタンをタップし、

「……もしもし」と探るような僕とは違って、通話の相手は些か嬉しそうに息を吸った。

『もしもし、勝？　よかった出てくれて』

「あ、ああ……」

『実はさ……俺、大学卒業したら亜霧さんと結婚しようと思ってて』

全く同じような文言を、今度は東堂から直接聞かされた。あまりにさらりと告げられて僕は「そ、そうなんだ……」と今にも声が裏返りそうだった。

『……どうした？　元気ないな？』

「あ、そう、だな……ちょっと、体調が……悪くて」

嘘ではない。正直、身体は常に激痛を伴っていて、どうしようもない。

『ごめんな、そんな時に。でも、これだけは伝えたくて』

東堂らしく、相手に気を使ったような優しい声で言う。

『お前のおかげで、亜霧さんに出会えたこと、本当に感謝してる』

僕は、またひとつ涙を流して「そ、うか」と頷いた。追い打ちをかけるような言葉であるが、東堂に悪いところは何ひとつない。僕がただ、僕自身を不甲斐ないと思っているだけだ。

『なつゆめの公演のあと、はじめて亜霧さんをデートに誘った時もさ、お前、わざと先に帰ってくれたろ？ いろいろ気使わせて悪かったな。あれがきっかけで、亜霧さんと仲良くなれたからさ』

さっきの夜はそういうことか。僕が見て見ぬ振りをして帰ってしまったあと、あれをきっかけに二人が仲を深めたのだとしたら、僕にとってとんでもない過ちをしたことになる。頭ではわかっていたはずだったのに、どうして気持ちに反するような行動をしてしまうんだろう。

『ありがとう』

感謝されるような人間じゃない。僕は、どれほどお前を羨んだかわからない。東堂みたいになりたいと、ずっとずっと思っていた。僕にはないものをたくさん持っている東堂に、決してなり得はしないのに。

『あ、あと。お誕生日おめでとう』

東堂は最後にそう言って通話を切った。僕は暫く放心状態だった。

「どうしてそんなにシケた顔をしている。今更上手くいかなかったからといって、なんだというんだ」

「……だからですよ。もうずっとです。ずっと、僕は失敗してる」

だから何度も何度も、似たような未来を迎えている。

「それは失敗というよりも蓄積だな。君の行動ひとつひとつが、今の自分に繋がっているだけで、その一瞬が全部悪いわけじゃない。地道に努力を積み重ねたものだけが、満足した結果を得られるだけの話だ」

正論を叩きつけられている。僕の心はさらに抉れた。

僕は涙を腕で拭ったあと、その人の皿からおでんを奪い取ってやけ食いした。

後悔の味がする。いや、正式には涙の味がした。

がつがつと頬張りながら、勢いよくおでんを口に運んでいると「喉に詰まらせるぞー」と言うその人の声も聞こえた。しかし、僕は心の赴くままそれらに食らいついた。その時「っう……！」と喉に餅巾着が詰まってしまった。胸を思いっきり叩いたが、喉の奥にへばりついたそれは、やがて酸素を身体に取り込むことすら阻止した。

「ほれ見ろ、言わんこっちゃない」

呆れた声が聞こえた。そんなこと言うくせに、助ける素振りを見せないところが無慈悲だ。苦しさに負けて、額を打ちつけるようにテーブルに突っ伏した僕を見下ろしながら、その人は「いってらっしゃい」と無駄に穏やかな声で告げたのだった。

目を覚ましたら僕は夜の大学にいた。「あれ……」と手元を見れば、授業のレポートを書いているらしく、手にはペンを持っていた。今時、レポートだというのにワードじゃなく手書きかよ、と思ったこの時の記憶は健在でよく覚えている。

同時にお腹が鳴る。こっちの身体はお腹がすいているのだろう。さっきおでんを食べたはずなのに妙な気分だった。

「千駄ヶ谷くん、チョコレート食べますか？」

「ああ、ありが……え、えっ！　春町さん!?　なんで!?」

「なんでって……一緒にレポート進めましょうって話をしていたと思うのですが……あの、大丈夫ですか？」

盛大に驚く僕に、不思議そうな顔をしている彼女がいる。

あれ、こんなこと前はあったかな。時間、場所、目的、それら全てに関しては記憶があるのに、春町さんがその場に一緒にいることだけが記憶にない。

日没後の大学に、薄暗いラウンジ。あろうことか二人きりだなんて、こんなハッピーな記憶、覚えていないわけがないのに。

過去を変えると当然だが未来が変わる。しかし、分岐まで変わっては次の行動が予測しづらくなる。……だけど、そうか。僕は、僕たちは、こうやって向き合いながら一緒にレポートを進めるほどの仲になっていたのか。

――『それは失敗というよりも蓄積だな。君の行動ひとつひとつが、今の自分に繋がっているだけで、その一瞬が全て悪いわけじゃない。地道に努力を積み重ねたものだけが、満足した結果を得られるだけの話だ』

あの人の言葉が思い出される。行動のひとつひとつが、本当に繋がっているんだ。

この、身に覚えのない状況を呑み込みながら僕はなんとか彼女からチョコレートを受け取った。なんだかそわそわしてしまって情けない。

ひとまず日付を確認しよう。僕はスマホの画面をちらっと確認した。

十二月十七日　十九時四十三分。と、待て。この日は確か……。

はっと隣を見れば、彼女は「？」と不思議そうに首を傾げている。なんてことだ。

この日は、彼女の、春町さんの誕生日である。

しかし、こんな風に彼女の誕生日をともに過ごした記憶などただの一度もない。やっぱり僕の中にはすっかりない記憶で、受け入れることに少々時間を要した。

「あ、の春町さん、今日って……」

「なんでしょう」

誕生日、ですか。と聞こうとしてやめてしまう。全身を叩くようにして探ったあと、鞄の中を急いで開いた。

「どうかしたんですか」

「いや、えと…………」

何故、僕はプレゼントを用意していないんだ。……期待したのに。過去の僕が、春町さんと一緒にレポートを進めると約束したのであれば、プレゼントの一つや二つ用意していると期待した。しかし、さすがは僕というかなんというか気が利かない男だ。

鞄の中にはレポートで使う資料集やファイル、そして財布しかない、
自分で自分に嫌気が差していると、「そういえば」と不意に彼女が口を開いた。さらりと左頰に当たった黒髪を右手の中指で優雅にかけるその仕草が美しい。僕は惚けるように鞄を漁っていた手をゆっくりと止めた。

「今日は雪が降るそうです」

「そうなんですか。……なんだかいいですね」

「何がですか」

春町さんの誕生日だからですよ、とは簡単には言えない。知っていたくせにプレゼントも用意できていない愚か者だと思われるのがオチだ。だが、このまま引き下がっていては今までと何も変わらない。

「あの、春町さん……このあとって、何か予定はありますか？　よかったら一緒に……」

「あ……ごめんなさい、このあとは東堂くんたちと食事に行くんです」

「……へっ」

僕は間の抜けた声を上げた。予想外のストレートパンチを食らった気分で、「と、東堂と……ですか……」とよろよろと告げた。

「はい……二十時半から約束していて」

「に、にじゅうじはんから……」

もうすぐではないか。分岐とはなんだ。何故、今日なんだ。こんなのっけから手も足も出せないことなんてあるのか。

「あの、千駄ヶ谷くん」

一体、どうするのが正解なんだ。

「よかったら、一緒に行きますか？」

何をすれば……。

「一緒にですか………え？　一緒に？」

「実は、千駄ヶ谷くんを誘おうかずっと迷っていたんです。珠音にも言われていたので。千駄ヶ谷くんに予定がなかったらですが……」

彼女が控えめに言う姿を眼鏡の内側から眺めながら、無駄にこめかみに汗が滲みそうだった。

「も、勿論！　空いてます……それはもう、ずっと、今日はずっと空いてます！」

前のめりになりそうに答えると「じゃあ、一緒に行きましょう。珠音と東堂くんには連絡しておきます」と微かに微笑んだ。

あ、また笑ってくれた。……なんだか、本当によく笑ってくれるようになった。

内心どぎまぎしながら。「あ、安曇さんもいるんですか？」と言えば、彼女は「はい」となんでもない顔で答えた。

「珠音が元々、何かを食べに行こうと言っていたんですけど、東堂くんがそのあと、今日はどうかって訊ねてくれたんです、それを聞いた珠音が、せっかくだから東堂くんも誘おうって話になって」

「な、なるほど、そうだったんですね」

そういうことであれば、安曇さんには感謝しなくてはならない。危うくこの夜が無駄になるところだった。

「では、レポートも早く終わらせて、一緒に行きましょう」なんという幸運か。

僕は高揚する気持ちを抑えながら、「は、はい」とどうにか頷いた。

「東堂くんってさ、なんで今日、亜霧を食事に誘ったの？」

大学を出て電車を乗り継いで向かった先は東京の都心部にある飲食店だった。十二月ということもあり、イルミネーションなどで飾られている並木道はそれは綺麗なものだった。そんな素敵な道を春町さんと歩けただけで、幸せな気持ちになっていた僕はいきなり崖下に突き落とされたような気分になって、目の前の食事から顔を上げた。

飲み物を口にしていた東堂は「ん？」となんでもない顔で、今し方問いかけてきた安曇さんに目を向ける。

「……それは、普通に仲いいから、かな？」

「え？　そうだっけ」

「だってこの前も一緒に気になった映画とか観に行ったし、ね。春町さん」

「はい。私が気になっていた映画の試写会のチケットを東堂くんがくれたんです」

「へーえ？」

安曇さんは興味深げに二人を交互に見るが、当の本人たちは「そういえばあの時の映画さ」と楽しそうに思い出話をはじめていた。わかっていたことだが、僕が知らない間に、二人の仲が着実に育まれている。

急に現実を突きつけられて、僕は持っていたスプーンをテーブルの上に落としてしまった。乾いた音がして、「あっ、ごめん……」と咄嗟に謝りながら、それを拾おうとした。

「仲いいのはわかったけど、本当にそれだけ？　だって、今日は亜霧の誕生日なのに」

茶化すような安曇さんの口調に、周りの空気が固まった気がした。いや、きっと僕だけが固まっていた。

「安曇さんはよく気づくね。まあ、それもあるかな。本当はあとで渡そうと思ってたんだけど……」

はい、と鞄からラッピングされた包みを取り出し、「お誕生日おめでとう」と、さらりとプレゼントを渡す東堂。

「え……あ、いいんですか？」

「もちろん、春町さんのために用意したから。開けてみて」

袋を開けてすぐ、「これって……」と春町さんの驚きの声が聞こえた。

「アロマランプですか？」

「うん、春町さん。この前気になるって言ってたから」

「覚えててくれたんですね」

「まあね」と答える東堂の声が普段より優しげなのは、相手が春町さんだからだろう。なんてことだ……彼女の中の東堂の好感度が急速に上がっている。

それもそうだ。春町さんとの仲を深めていく過程で、東堂は彼女の好みもばっちり把握して、さらにそれを誕生日プレゼントとしてきちんと渡しているだなんて、世の中の男どもはみんなこんなにもスマートなのだろうか。それともこの男がイレギュラーなのだろうか。なんにせよ、何故、僕は何も用意できていないんだ……。

頭を抱えていると「んじゃ、私も渡そー。亜霧、誕生日おめでとう」と流れのまま安曇さんも春町さんにプレゼントを渡していた。自然と〝そういう流れ〟になってしまい、安曇さんは僕の方を見て「すぐにゃんは？」と声をかけてくる。

僕は「あ……」と口をはくはくさせながら、拾い上げたスプーンを強く握り締めた。

「す、すみま……せん」

穴があったら入りたいというのはこういうことなのだろう。

外に出てからも、僕はずっと落ち込んでいた。春町さんは「気にしないでください」と言っていたけど、気にしないわけにはいかない。僕はあまりにも場違いだった。しかも好きな人の誕生日に何も用意できていないという、前代未聞の醜態をライバルの前で晒してしまったのだ。なんと情けないことか。

僕はみんなより少し後ろをとぼとぼと歩いていた。並んで歩くことすらおこがましい。不意に視線を横に向けると、駅ビルの催事だろうか。オーナメントの店頭販売がされていた。そうか、そういう季節だもんな。

春町さんたちを見れば、彼らはイルミネーションを楽しそうに眺めているので、僕は少しだけ、と誘われるようにそちらに足を向けた。

店頭には、星やボール、サンタクロースやひいらぎなど、クリスマスシーズンになったら一度は見たことがあるような飾りがたくさん置いてあった。

綺麗だな、と眺めていたら「何してるんですか」と声をかけられた。何げなくそちらを見てすぐに「おわっ、春町さん⁉」と仰け反った。

「何を見ているんですか？」

「あ、えと……なんか、綺麗なオーナメントがあったので……」

「へえ、こんなに可愛いのがあるんですね」

じっと見下ろす彼女の目が、イルミネーションのおかげか、それとも本当に興味が湧いているのか、心なしか輝いているように見える。

「春町さんは、こういうの好きなんですか？」

「はい、こういうものって細工とか凝っていたり、ひとつひとつで仕上がりが違ったりするじゃないですか」

だから結構、好きなんです、と彼女は一層背中を屈めて、それらを眺めていた。本当に興味があるみたいだ。春町さんってこういう物が好きなのか。

一つ勉強になったなと思っていると、彼女の動きが何かを見つけたように止まった。

「どうかしたんですか？」

「え？　……ああ、ちょっと似てるなと思って……寅三郎に」

といっても色だけなんですけどね、と言いながらも、キラキラとした白い鳥のオーナメントを指差す。

「……そろそろ行きましょうか。珠音たちも待っていると思いますし」

「あ……はい」

そう言って踵を返す春町さんから、僕は彼女が先ほど見つめていたオーナメントに視線を戻した。僕は意を決して「あの」と店員に声をかけた。

「すみません。これ、ください」

急いでお金を払い、僕は春町さんを追いかける。

瞬間、周りで音楽が流れはじめた。きっと、イルミネーションの変化に合わせて一定時間で流れるのだろう。その証拠に、路上までも彩る光は色とりどりに輝いている。

「春町さん！」

珍しく大きく呼びかけた僕の声で彼女が振り返る。

「ごめんなさい、あのっ、これ」

駆け足でその前に辿り着く。差し出した包みを不思議そうに受け取った彼女に「さっき見てた、オーナメントです」と控え目に伝える。「え……」と驚いたような声を上げて、包みのシールを剝がした春町さんが中身を見て、そうしてまたすぐに顔を上げた。その目が、夜を彩るたくさんの光とともに揺れている。

「……こんな即席で、どうしようもないんですけど……」

本当にどうしようもないのだが、今、僕にできる最善はこれしかなかった。

「春町さん、誕生日おめでとうございます」

これは、過去では言えなかった言葉だ。ただの一度も、僕は彼女と彼女の誕生日を過ごしたことがなかったから。

吐き出す息は真っ白なのに、僕らを照らす光はいろんな色をしていて、世界中が煌びやかに見えた。春町さんの瞳が円を描くように、光を灯す。

何かを言いかけて、そうして一度、口を噤んだあと、「ありがとうございます」と彼女は僕の渡したプレゼントを大事そうに抱えていた。

「とっても嬉しいです」

優しく穏やかな笑顔だった。このまま、言ってしまいたいと思った。好きです、と。僕はあなたのために、ずっと夜を巡ってきたんですって。

「……はっ」

開きかけた口が無意識に止まる。勝、と呼ぶ東堂の顔が思い浮かんだからだ。

僕はこのまま、本当にこのまま……。

「千駄ヶ谷くん……？」

「……いや、すみ、ません」

首を振って、「なんでもないです」と僕はできるだけ平静を装って返した。

春町さんが何か言いたげにこちらを見て、「せん……」と口を開いた瞬間、「おーい亜霧」と安曇さんの声。僕らが振り返ると「ちょっと寒すぎてココア買ってきた、これ亜霧の分！」と彼女は缶を僕らに向かって投げた。ほんの数メートルなんだから、ここまで来て渡せばいいものを。と思った矢先、ココアの缶が僕の顔面めがけて飛んできて、「へ……」と言ったのも束の間、そのままクリティカルヒットした。

ガタンとおでん屋のテーブルを膝で蹴り、僕は目を覚ました。

「あ、起きた」と神が焼き鳥を食らいながら告げる。ここのメニュー……焼き鳥とかあったんだ。

なんだか意識がはっきりしなくてその人の姿を、他人事のように見つめてしまう。

……目が痛い。まるで熱い缶が眼球に強くめり込んだような痛みだ。

「勝青年、おでんを詰まらせて死を経験するって、なかなかしようと思ってできることじゃないぞ」

起きて早々皮肉られているらしい。僕は軋む身体を整えるように椅子に座り直して睨むようにその人を見れば、「ところで」と焼き鳥の串をオコゼの形をした串入れに指で弾くように投げ入れた。

「何故言わなかった」

「え……」

「告白さ。どうして好きだと言わなかった」

「あ……そ、それは……」

動揺するように声を揺らし、僕は顔を逸らした。やはりなんでも見抜かれてるな。

「後ろめたさを今更感じても仕方ないだろう」

「どうしても、卑怯な気がしてきたんです……」

あんな風に、仲良くしている二人の姿を目の当たりにしたあとは尚更。

「それこそ今更さ、お前は卑怯者だろう」

「……もうちょっと言い方を変えられないんですか？」

「お前が正々堂々と立ち向かって、あの男に勝てるとは思えん」

「……」

「だが、この夜をひた走るお前は悪くない」

頬杖を突くようにこちらを向いて、その黒髪がさらりとテーブルの木目についていた。危うくそのお酒に入るのではないかと僕は視線でそれを追い、そうして思わずその人と目を合わせてしまった。店から零れる橙色(だいだいいろ)の灯りのせいで、その人の美しい茅色の目が火を灯したようにゆらゆらと揺れている。

「努力とは報われるためにするのではなく、自分を許すためにするものだ。お前自身の怠慢を許すのは、己の努力にかかっている」

「……つまり、どういうことですか」

「後ろめたさの理由はなんなのか、ちゃんとゆっくり考えれば、解決の糸口は見つかるかもしれんぞ」

後ろめたさの理由……。

そんなもの考えなくてもわかっている。なのに、何故わざわざ……。

そう思った瞬間に、僕のポケットの中でスマホが鳴った。びくっと身体を揺らし、恐る恐るスマホを見れば春町亜霧、と名前が表示されている。

今度は春町さんからの電話か。もう取ることをやめてしまうかと思った、その時……。

「貸せ」

「え……あっ、ちょ！」

画面を眺めたまま動きを止めている僕から、その人は指先でスマホを奪い取った。

はっとしてそちらを見た時には既に遅く、その人はそのまま通話ボタンを押した。

『もしもし、千駄ヶ谷くんですか』

その上、ハンズフリーにしながら「ほれ」なんて口を動かしている。やはりこの人はどうしようもないサディスト悪魔なのかもしれない。

『……もしもし、あれ……聞こえてますか？』

春町さんの声が、僕たちの間で響く。「返事しろ」「嫌ですよ」というやり取りをしていたら『おかしいな』と春町さんの声が遠くなった。よしいぞ、そのまま切ってしまえば……。

「お前が出ないなら、オレが出る」

「……へっ」

「もしも――」

「あ、ちょっ！　もしもしっ!!」

『あれ、千駄ヶ谷くん？　よかった、聞こえてますか』

「聞こえてます聞こえてますっ」

慌てて答えながら、その人を見れば鼻で笑うように口角を上げる。したり顔が腹立たしい。

『すみません。今忙しかったら、またあとで……』

「い、いえ、大丈夫です」

その人の手から奪い取るようにスマホを受け取って、僕は逃げるように椅子から立ち上がった。同時に全身がずしりと重くて、呻きそうになった。

「っ、それで……何か？」

『あの、千駄ヶ谷くん』

白々しく訊ねることが上手くなってしまった。何もかも、わかっているくせに……。

――『私、大学を卒業したら東堂くんと結婚するんです』

『私……』

くる……と生唾を呑み、その言葉をただただ待った。

『今朝から、東堂くんに連絡がつかないんです』

「そうなんですか……って、え？」

『千駄ヶ谷くん、何か知りませんか？』

「いや、全然……」

と、言いつつもスマホを確認してみれば、東堂からメッセージが来ていた。

「あ、いや……そういえば……」

『連絡来てましたか？』

「ああ、えと……まあ」

曖昧に答えながら、僕は東堂のメッセージを開いた。そこには『どうしても、お前に謝りたいことがある』と書いてあった。

《まずはじめに、誕生日おめでとう。俺は、大学を卒業したら、亜霧さんと正式に結婚したいと思ってる》

『千駄ヶ谷くん、なんて連絡が来たんですか？』

《勝、今まで気づかない振りをしてきたけど、お前が亜霧さんのことを想っているのを知ってて、俺は我先にと彼女に告白した》

メッセージに急いで目を通す。指で画面をスクロールをして最後までいったら、また冒頭に戻ってを繰り返した。

《ずっと、自分のことばかりだった》
《お前が遠慮をして、気遣ってくれていることも知っていて、そこを利用した》
《怒ったっていい、けじめがつくまで亜霧さんとも会わない》
《だから、これを見たら連絡をください》
どういう、ことだ。僕は過去に一度たりとも東堂に春町さんのことを好きだと言った覚えがない。いや、そんなにわかりやすかっただろうか。
『千駄ヶ谷くん、聞こえていますか？』
なんにせよ、東堂は僕の気持ちを知っていた……？　一体いつからだ……。
『千駄ヶ谷くん』
「あっ、すみません！　と、東堂は別に、大丈夫みたいです」
『そう、ですか。よかった……』
安心したような声が聞こえて、僕は心が傷つく音を感じながら「春町さん」とその名前を呼んだ。
「東堂と、結婚するんですか？」
『え……あ、東堂くんが伝えました？　実は、そうなんです』
「……」

『私、卒業したら東堂くんと結婚するんです』

息の切り方や抑揚さえ、全く聞き覚えのある間で、またもや同じ結末を迎えた。

なんだ、また一緒か。そう思えたらいいのに、この気持ちはなんと形容したらいいだろう。どうしようもない虚無感が、激しい身体の重みとともに襲ってくる。

僕はそのまま春町さんの言葉に軽く相槌を打った。何度も何度も繰り返される、不合格のレッテルが貼られている僕の背中を、あの人はどんな目で見ていたのか知らないが「おっちゃん、日本酒」と変わらず酒を頼んでいた。

通話後、僕はついに電源を切って後ろの路上にスマホを投げ捨てた。カシャン、と無機質な音が鳴る。

その行動に「ついに不貞腐れたか」とその人は酒を片手に呟いた。

「なんで通話を取ったんですか」

「そりゃあ取るさ。逃げてしまっては、前に進めないからな」

至極真っ当なことを言われている。僕は椅子に座り直し、そのままテーブルの上に額を擦りつけた。もう何も気力が湧かない。

駄目で元々だとわかっているつもりだった。しかし振り返れば振り返るほど、結果を求めてしまう自分がいてやきもきする。期待なんてしてはいけない。

いけない、はずなのに。うっ、と膝の上で拳を握って、俯く。眼鏡の内側にぽたりと涙がついて、なんだか雨に打たれているような気分になった。

「しかし、勝青年。幸先は悪くないな」

「どこをどう見て、そう言っているんですか」

「未来をさ。少しずつ変わっている、お前も肌身で感じているはずだ」

「……でも、結果は変わらないじゃないですか」

「そうだな、でも言っただろう。全ては積み重ねだ。すぐに結果を求めようとするな。すぐに結末が変わろうものなら、お前はとっくに春町亜霧と恋仲になっているはずさ」

またもまともなことを言われて、僕はぐうの音も出なかった。

そうして、その人は一度お猪口をテーブルの上に置いて、ふう、と息を吐いた。やけに疲れたような息を吐いたのははじめてなので、さすがに飲みすぎたのかと横目で見れば「あともう一押し」と呟いた。

「そうでなければ、オレが困る」

「いや、困るのは僕……」

「困るんだ」

顔ごとそちらを見れば、その人は綺麗な長い指を見せつけるように手のひらを僕の眼前に持ってきた。その色味がどこか薄い。下手したら、全ての物を肌の向こう側に透かしてしまいそうなほど、透明度が高まっていた。

「え、っと……か、身体、薄くなってませんか……？」

「わかるだろ？」

一大事のはずなのに、まるで自慢話をするような顔つきで目を細める。

「この夜、オレとお前はともにある」

「……で、も」

「いわゆる、運命共同体だ」

気づけば僕は、自分以外の運命さえも手のひらに握っていた。

「頼むよ、勝青年。運命に打ち勝てとは言わんが」

命運尽きて、僕が地獄に落ちる時、この人は一体。

「オレを後悔させないでおくれ」

どこに向かうのだろう。

第六幕　夜目遠目笠の内

場所は大学構内だった。時刻は十九時四十三分。日付は恐らく、大学三年の出来事だろう。何故ならば周りの看板には西暦と一緒に『露月祭へようこそ』という文字が書かれているからだった。

確かに、僕の大学には六月に、学年、学部、サークル問わず催し物に参加し、学校内外を通して世間と交流するビッグイベントが三日ほどある。僕はあまりお祭りごとが好きではないし、例年真っ当に参加した覚えなどなく、家でぐうたら過ごしていた記憶しかない。言うなれば僕はこのお祭りにさして興味がなかった。だから記憶などこれっぽっちもないはず、だったのにこれはどうしたことか。

「それじゃあ、彼のどんなところが好きなんですか？」

「えー？　そうですね、なんかあアタシがあ、急に家に押しかけても嫌な顔しないで受け入れてくれるとことかあ」

「なるほどなるほど」

こんな舞台の上で、僕は大きなハートの看板を掲げながら何をしているのだろう。

「カップル二十四組目！　おめでとう！」

　客席側からまばらな拍手が聞こえてくる。二十四組という規格外の数字に驚きつつ、

「あのこれは一体……」と司会らしき男女に話しかけようとした時、「千駄ヶ谷くん」と後ろから声が聞こえてきた。この声は……。

「次の男女の準備ができました」

「はっ……」

　春町さん！

　こそっと言う彼女に僕は急に救いの女神が現れたような気分になって、持っていた看板を下ろしかけた。

「まだ終わってないから下ろさないでねー」

　すると陽気なサングラスをかけた司会の男性に指摘された。「いやあの僕」と口を開こうとしたが、「それでは次の男女です！」ともう一人の司会の女性に遮られてしまった。それから僕は、舞台上の置物と化しながら、状況を理解しようと周りから聞こえる会話に耳を傾けた。僕が立っているこの場所で行われているものは、カップル応援企画らしく誰かの告白を手伝う学生のラブイベントらしい。

　僕らのサークルはそれの雑用をしているみたいで、春町さんは男女を連れてくる係

を任されているみたいだった。

ネオンのような真っピンクの光に照らされて、僕は目の前でき上がっていくカップルをなんとも虚しくも悲しい気持ちで眺めていた。どうして記憶にもない夜に、僕ではない別の誰かの恋が成就される瞬間を見届けなければならないのか。よもや嫌がらせに近い感覚だった。

次から次へと完成されていく男女の幸せオーラに目潰しされたあと、暫くして休憩が入り脱力するようにパイプ椅子に座り込めば「お疲れ」と東堂に声をかけられた。

「と、東堂……」

「ずっとステージ立ちっぱで疲れただろ」

疾うに日は暮れているというのに、まるで朝を思わせるような爽やかさはイケメン特有の何かがあるに違いない。「ほら」と飲み物を渡されて、僕は流されるままそれを受け取った。

「ありがとう……あの、東堂」

「ん？」

「あ……えと、何してた？」

「俺？　俺はエントリーの受付してたけど……」

「ああ……っていうか、このイベント、なんでサークルの人たちがいるんだ？」

「なんでって、俺たちの『真夏の夜の夢』の舞台を見た学長が、えらく公演を気に入ったから、それを露月祭でもしてほしいって言われて」

あ、春町さんが代理でヒロインをした時のあれか……。

「それで、この舞台を借りるから実行委員と交渉したら、貸し出すついでに今日のイベントを手伝ってくれってなったんだろ。忘れたのか？」

「あ、ああ……そうだっけ……」

そうなんだろうな……。なるほど、過去を変えたから存在しない未来が、こうやって出てきてしまったということか。いや、それにしても全く知らない時間軸は困るぞ。

「それにしても、お前がここにいるのは意外だったけど」

ああ。僕も意外だと思ってる。

「でもお前から参加したいって言い出したからな」

「え……僕が？」

「ああ。このステージに興味があるとかなんとか言ってたけど」

きょ、興味があるって……。

「いやあり得ないだろ！」

だってこのステージ、告白してカップル成就の応援をするラブイベントだぞ！

「いや言ってたって、なんで覚えてないんだ？」

「それはだって……！」

僕が、僕自身の告白をしようとするために、どれだけ苦労してきたと思ってるんだ。

椅子から立ち上がった僕を、東堂は首を傾げて見ていた。はっとしながら「だって、僕……そういうの苦手だろ」と当たり障りのないことを言えば納得したような顔で東堂は腕を組んだ。

「まあ、イメージはつかないな」

「とにかく僕は、今からやることがあるんだ」

「やること？　何かするのか」

そう言われて「ああ」と強調するように頷いたあと、あ、と東堂を見た。そうだ、僕は東堂にも言わないといけないことがある。

「どうした？」

「あ……あのさ、東堂。僕、お前に言いたいことがあって」

春町さんのことが好きなんだと、はっきり言っておかないといけない。自分の気持ちを隠したまま、春町さんに告白するのはやはり申し訳が立たないし、卑怯な気がしている。

「あ、それで言うと勝。俺もお前に、言いたいことがあるんだ」

「え……何？」

まさか、先手を打たれてしまうのだろうか。そんな浅はかな考えが過ぎったと同時に、東堂はさらに続けた。

「月詠神社あったろ。あそこ」

まさかだった。そのことを言われるのは。

「取り壊しが決まったんだ」

「え……」

取り壊しが……？

考えが追いつかずに固まっていると「それで？」と話を戻すように東堂が首を傾げた。

「お前の言いたいことって？」

「あ、えと……今まで黙ってたんだけど、その僕……春町さんのこと……」

「私のことがどうかしたんですか」

「実は……って、春町さん⁉」

振り返ると彼女がいて、口から心臓が飛び出しそうなほど驚いた僕は声が裏返ってしまった。

「私が、何か？」

「いや、そのっ」

勢いよく東堂と春町さんを交互に見る。なんというタイミングか。

「春町さんがどうしたんだ？」

「私がなんですか？」

二人して責めるように僕を見るから、冷汗がダラダラと止まらなかった。何かないか何かないかと目を彷徨（さまよ）わせれば、何やら出店のポスターを見つけた。僕は苦し紛れに指を差す。

「あっ、あれに！　誘おうと思ってたんです！」

「あれに？」

「え、春町さんを？」

二人で同時にポスターを見たと思ったら、同じような反応をした。ポスターをよく見ていなかった僕は二人よりも少し遅れて、それを確認した。

『来たれ！　夜空鑑賞相撲大会！　参加者募集中！　※豪華賞品あり』

突っ込みどころしかないポスターだった。夜空を見上げた相撲取りが、一筋の汗を流して清々しい顔をしているその写真。あまりに情報量が多いので僕は、数回瞬きしたあと、「いや、間違えたこっち！」と指そうとした、そちらには僕らが今手伝っている『春夜の大告白大会～運命のラブマッチング～』とかいう虫唾が走るような表題にイケメンと可愛い顔の女の子のイラストが描いてある。僕は真っ青になりながら「いや、相撲で合ってました……」と項垂れながら言った。

「相撲、ですか」

春町さんが呟き、東堂が「まあ、楽しそうではあるな」となけなしのフォローをしてくれている。いくらなんでも無理にこじつけすぎた。

「す、すみません……興味がなかったら断ってくれて……」

「いいですね、相撲」

「へっ？」

「私、観るの好きなんです」

まさかの返しだった。間の抜けた返事をしながら眼鏡をかけ直した。

「誘ってくれて嬉しいです」

「い、いえ……」

なんという幸運か。こんなことが今まであっただろうか。

「東堂くんも行きますか?」

「ああ、俺は……」

「あ、いたいた。おーい、宗近。ちょっと来てくんない?」

東堂が口を開いたと同時に、イベントの運営に声をかけられた。二人で楽しんできて」と俺たちに笑いかけた。

……」と名残惜しそうな声を出しながら「呼ばれた。二人で楽しんできて」と俺たち
「東堂、待っ……」と、呼び止めようとしたが東堂は走って行ってしまった。

東堂にまだ、何も言えていないのに……。

「それでは、行きましょうか。時間もないですし」

「あ。は、はい……」

僕らは大告白大会と野外に設置してあったステージ裏から抜けて、なかなかの人で混雑している道を歩き、大学構内にあるグラウンドへ向かった。

「意外でした、千駄ヶ谷くん。相撲に興味があるんですね」

「興味というかその……春町さんの方が意外というかなんというか」

「私は、父の……実の父の方の影響で、よく見ていたんです」

「そう、でしたか」

喧騒はあるものの、さして気になるものではなかった。何故ならば、春町さんが僕の隣で歩いていることに僕の全意識が向いていたからだ。

男女で肩を並べて目的の場所へ行く。賛否あるかもしれないが、これはよもやデートと呼んでしまってもいいのではなかろうか。ここにあの神様がいたならば「調子のいいことを言うな」と言ってきそうだと思ったが今は考えないことにした。

よし。このデートがこの夜の分岐点だとしたら、絶対に素敵なものにしてやるぞ。と心に決めようとしたところで、ポケットに入れていたスマホが揺れた。びくっと無駄に肩を揺らすのは、現代で何度も彼女からかかってきている電話のせいだと思った。もはや着信恐怖症になりかけている。

「……げっ」

「どうかしましたか？」

「あ、いや。その……家族が」

「え？」

「なんか、遊びに来てるって」

そういえばそうだ。この時期、家族は暇だからと東京観光に来ていたんだった。そしてついでだから、僕の大学の露月祭に行きたいと言っていた。まあ、僕はいないから好きにしたら、と言った過去があるが……。

「そうですか……偶然ですね」

「え？」

「私も家族が今、東京に来ていて」

隣を見れば、春町さんの形のいい横顔が道なりに連なっている提灯に照らされていた。

「え……」

「大学にも遊びに来たいって言われたんですけど、あまり気が進まなくて」

伏せた睫毛すら輪郭を作り、仄かに輝いている。

「ごめんなさい。前にも千駄ヶ谷くんには励ましてもらったのに、同じようなこと言って……」

「いえ……」

首を振り、僕は前を向き直した。浮かれていた気持ちが落ち着き、冷静に今の状況を思った。高校生の時も、あのコンビニでの夜も。気づけばあれは、彼女のＳＯＳだったのかもしれない。

「春町さん、昔……高校の頃」

あのプールで僕から顔を背けて冷たい目をしていた、彼女のことを思い出す。

「もう暗いですけど、お家の人、心配しないんですかって聞いたことがあったの、覚えて、ますか」

彼女にとっては数年前の話だから、覚えてなくても仕方ない。そう思って切り出したが、彼女はゆっくりと足取りを止めた。振り返る僕に、春町さんはゆっくりと頷く。

「覚えています」

「その……春町さんは今のご家族の方と、上手くいってないんですか」

余計なお世話かもしれない。また再び、関係ないと言われてしまったら仕方ないが、聞くなら今しかない。

「前に、千駄ヶ谷くんには父のことを話しましたよね」

「はい……」

「母が再婚して、私には、年の離れた妹ができたんです。今年で六歳になる、可愛い妹です」

「…………」

「あまりに可愛いので、母も今の父も、祖父母たちも、みんな、妹に夢中なんです」

遠回しに、居場所がないのだと伝えているようだった。まるで冷静な表情で淡々と告げるその様は、〝一人でも大丈夫だ〟と他人に見せつけているようだった。

「私は、千駄ヶ谷くんに夢を言ったことがありましたよね」

「あ、はい……」

「私は夢のために、上京しました。都会なら可能性が広がると思ったからです。その心に偽りはありませんが、ほんの少し建前だったように思います」

春町さんの背中側から吹きつける風が、生ぬるく感じるのは梅雨がはじまる季節だからだろう。

「私は、あの家から逃げたかったのかもしれません」

さらさらと頬を撫でるようにして彼女の黒髪が風に吹かれた時、毛先が灯りに照らされどこか美しかった。

高校生の時とは違う。あの時のように逃げず、しっかりとそう告げた彼女に、僕は不思議と胸が高鳴っていた。このタイミングは些か変だと言われるかもしれないが、僕にとって、彼女が予想以上に魅力的な人だと知ったからだった。

僕が知る春町亜霧は、凛(りん)として格好よくて、だけど笑うと可憐で可愛く美しく、しかし頑(かたく)なで強がりで、そうして、寂しがりなのかもしれない。

「……やっぱりすごいな、春町さんは」

「え……？」

「逃げを認められる人って、そういないと思うから」

足を踏み直して、僕は彼女に向き直った。そうして、短く深呼吸をした。

「僕も、大切なことからずっと逃げて、失ってからはじめて、後悔したことがあります。でも最初は、どうせ僕なんかって、ずっと言い訳して、自分の力で向き合う気もなかった……」

あのままもし、あの人に出会えなかったら僕は酒に呑まれたまま何もできず、まるで情けない顔をして明日を迎えていたのだろう。

「でも、それは逃げだって、ちゃんと認めて向き合えば、自ずと結果はついてきたりするって……段々とわかってきた、から」

そこまで言って僕ははっとした。つい自分語りをしてしまった。またここでも『オジサン臭い』と指摘されてしまうかもしれない。

「だ、だから、なんていうか、逃げも時には糧になるといいますか！」

身振り手振りを大きくして慌てる僕を、春町さんは相変わらず見つめている。

「春町さんも、いつかきっと、ご家族と向き合える時が来ると思います！」

彼女の目がゆるりと円を描くように光り輝いていく。梅雨入り前の穏やかな風が足の間を抜けて、彼女は暫く呆けるようにこちらを見たあと、「せん、」と口を開こうとした。

「あ。あれ、亜霧じゃない？」女性の声が聞こえた。

春町さんが振り返ると、そこには、四十代前後の女性と、それより少し年が上の男性がいた。その手は小さな女の子の手を引いている。その小さな頭が船を漕ぎ、微かに眠そうだった。

「お、かあさん……」

春町さんの言葉に僕は彼女に目を向けて、そうしてまた春町さんの家族に顔を向けた。春町さんに少しだけ雰囲気が似ている女性と、厳粛な顔つきをした男性。

春町さんの緊張感に反して、娘を見つけた嬉しさで、二人の空気はどこか穏やかだった。ここから見る春町さんの家族は、幸せな家族像に見える。

春町さんは、もしかしたらあの空気を自分という存在が壊してしまうことが怖いと思っているのだろうか。

彼女に目を向けると、珍しく動揺しているように固まっていて、僕は少し悩みながら「あの」と声をかけた。

「行ってみたら、どうかな」

「え……？」

「二人とも、春町さんを見つけて嬉しそうだし……」

「そうでしょうか」

「そうですよ。じゃなきゃ、わざわざここまで来ないよ」

　彼女は間を空けて僕をちら、と見たあと「私」と続けた。

「浮いてませんか。あの人たちといると、私だけが変な感じがするんです」

「……」

「自分だけ置いていかれているような、そんな感覚がします」

　自信がなさそうに仄かに俯き、その黒髪がさらりと前に落ちた。

「……だったら、一緒に走っていきませんか」

「え？」

「置いていかれてる感覚がするなら、置いていかれないように一緒に走りましょう」

　僕なら、いつだって春町さんの隣にいられますし、と。そう言い終えたあと、彼女の目が驚いたようにぱちくりとしていて、僕は「あ……」と顔を引き攣らせた。

「そ、そのっ、暇なんで！　僕、いつでも空いてるので……」

「はあ……」

ま、また変なことを言ってしまった。

「と、とにかく行きましょう！」

「え、あっ、千駄ヶ谷くん⁉」

春町さんの手を取って、僕はご家族の前に彼女を連れていく。

立ち止まった僕らを、春町さんの両親は不思議そうに眺めている。

彼女の方を向いて「春町さん」と名前を呼びかければ、彼女は意を決したように家族の方へ足を踏み出した。

「お父さん、お母さん、来てくれてありがとうございます」

春町さんの声に気がついた妹さんが、彼女を振り返る。

「おねえちゃんっ」

弾んだ声を上げて、彼女に向かって駆け寄るとその腰に抱きついた。少し戸惑った顔をしながらこちらを見る春町さんに頷くと、彼女はぎこちなくも幼いその子の肩を抱いた。合わせて頬を摺り寄せるようにしながら「あいたかった」というその子に春町さんは頬を綻ばせる。その光景を見ながら、僕は安心したような気分になった。

よかった、と一息ついた瞬間、春町さんの父親が僕に目配せをしているのが見えた。

た。


「そちらは？」と言っている口の動きが見える。

　春町さんが僕と父親を交互に見ながら「彼は」と言ったので、自己紹介だけはしなければと思ったその時「もしかして亜霧の彼氏さん？」と春町さんのお母さんが訊ねた。

「いえ、彼は……」

「春町さんの友達の！　せ、千駄ヶ谷勝といいます！　春町さんとは高校から一緒で、大学もたまたま一緒なんです！　よ、よろしくお願いします……」

　慌てて言う僕に、春町さんのご両親は「そうですか、いつも亜霧がお世話になってます」と頷いていた。春町さんは僕を見つめて、何かを言いたげだった。

　なんだか急に居心地が悪くなって、僕は「そ、それじゃあ」と踵を返せば、「千駄ヶ谷くんっ」と春町さんにしては慌てたように呼びかけられた。「ん？」と振り返ると、自分で呼び止めたはずなのに戸惑った顔をしている春町さんと目が合う。

「あの、私……わたしっ……」

　何かを必死に伝えたそうにしている彼女に、「どう、したんですか」と戸惑ったように言えば、彼女が顔を上げた。その頬は、緊張だろうか。仄かに赤みが差しているようにも見える。

つられて赤くなってしまいそうになる僕に合わせて、「相撲大会の練習しようぜ」と高校生くらいの若い男の子たちの声が背中側から聞こえた。はっとして振り返る。

この流れはまさか……と思った時には既に遅く。彼らの片方が投げ飛ばされている姿が見えた。その人が僕たち、否……僕の上に勢いよく降ってきた。

またか、またなのか。よもやお決まりといえる不幸な展開に、涙すら涸れてしまいそうだ。僕は地面に額と眼鏡を擦りつけながら「千駄ヶ谷くんっ」という何度目かの彼女の驚きと心配の声を聞きながら眠るように意識を飛ばしたのだった。

ひんやりした外気のせいか。顔全体がヒリヒリ痛む。僕は眉根を寄せながら、ゆっくりと瞼を開いた。同時にポケットの中でスマホが震えていた。

喉が痛い。そういえば僕、過去に戻る時どうしてたんだっけ。あの人と話していて、首に手がかかって、あの人の目が月明かりに光ったことは覚えている。

ぎこちなく腕を上げながら、スマホを確認する。いつもは二十一時前に戻っているのに、今回は二十一時を過ぎている。気が進まなくても結果は見ないといけない。あの人に言われたことを思い出しながら、先ほどから通知がやまない春町さんからのメッセージを開けば、何故かスタンプが表示されていた。

「ん？」と眉根を寄せたと同時に今度は電話がかかってきて、僕はスマホを飛び上がらせてしまう。すぐに、身体を起こしながら慌てて摑み取った。

すると、「ナイスキャッチ」という声が聞こえて、はっとして横を見る。

ずっと隣に座っていたのだろうか。小石を持ってその人は手のひらで遊んでいた。

相変わらず他人事のようだ。いや、正直他人事ではあるが。僕は恐る恐るスマホを耳に近づけて、その電話を取ったのだ。

『こんばんはっ！』

「……へっ」

子どもの声が聞こえてくる。僕は目をぱちくりとさせて、スマホに表示されている名前を二度見した。春町亜霧、うん。きちんと書かれている。

『あっ、こら……ごめんなさい、千駄ヶ谷くん。妹が勝手にかけてしまって……』

すると、春町さんの声が聞こえてきて、ようやく電話の相手が間違っていないことを知れたが……しかし、妹とはどういうことだろう？

「春町さん、なんで妹……」

『え？　ああ、今、家族が東京に遊びに来てるんです。といっても、もうすぐ帰ってしまうんですけど……』

「ああ……そう、なんですか」

ここにきて、今まで一度も存在しえなかった時間軸に困惑する。

「あの、ごめんなさい。ご家族とは……」

『え……』

探るように訊ねれば、スマホ越しに春町さんが固まっているのがわかった。そうして、くすくすと笑っている声も聞こえる。

『何を言ってるんですか』

「え……え？」

『千駄ヶ谷くんに背中を押してもらったからじゃないですか』

「背中？」

『忘れたんですか？　ほら、露月祭の……』

「あ……」

『それに、寅三郎の時も、支えになってくれて……』

「……」

『本当に感謝しています』

春町さんの穏やかな声が聞こえて、僕は息を整えるように笑いがこみ上げた。

なんだ、なんだ……無駄じゃなかった、ちゃんと今までのことも全部、繋がってる。

僕の頑張りは無駄じゃなかったんだ。

気持ちが一気に高揚して、自然と頰が上がった。告白することはできなかったけど、好きな人のために、ちゃんと背中を押せていたのだとしたら本当に嬉しく思う。

もしかしてもしかすると、今度こそ未来は変わっているのかもしれない。

僕は少なからず期待して、「あのっ」と彼女の名前を意気揚々と呼ぼうとした。

その時だった。

『でもちょうどよかった、本当は直接会って話したかったんですが』

僕はこの時、運命の強制力を改めて思い知るのだ。

『実は』

表情筋からみるみる力が抜けて、砂を地面に向かって零していくように僕から笑みは消え去った。

『私、卒業したら東堂くんと結婚するんです』

通話を切って、僕は暫く放心状態だった。隣にいるその人は暫くして「ふわあ」と大きな欠伸(あくび)をした。こんな時に、と思うが、僕はその人を見て、ぎょっと目を疑った。

「あ、あの……また身体薄くなってませんか？」

「そりゃあ、動けば体力が減るように、力を使えば寿命も縮むものよ」

手に持っていた小石をぱらぱらと地面に落として、「しかし」とその人は横目に僕を見た。

「なかなかいい感じに見えたがな、あと一押しが足りん。貴様はどこか間が悪い」

「それは僕が一番わかってます」

夜に染まった真っ黒な川を眺めていると、僕の手の甲にはらはらと冷たい何かが落ちてくる。風花が、僕らの頭上を舞っていた。

長い長い夜だが、いろんな顔を見せてくれる。同じなようで、同じじゃない。不思議な夜が何度も巡っている。

「……あの、ひとついいですか」

暫くして不意に訊ねた。その人は「なんだ」と短く言いながら、手のひらを叩いて土埃を払っていた。

「神社の、取り壊しが決定したんだと聞きました」

「……」

「本当なんですか」

「ああ、本当だ」

さして気にも留めていないような言い方だった。「そんな、じゃあ本当に」と口を開けば「全く」と立ち上がった。それ以上何も言うなと、遮るように。

「じゃあ、今から行ってみるか。参拝はできるから、賽銭は弾んでくれよ」

ふ、と口角を上げて微笑む。その顔をどう形容したらいいのかわからなかったが、僕はなんともいえない気持ちになった。

河川敷からどれほど歩いただろう。暫くして月詠神社に辿り着く。さらに老朽化が進んでいるそこには、ロープの他に看板が立てられていた。

「ま、年度末あたりには解体作業に入ってるだろうな」

あっけらかんとした口調で言われながら、境内に入る。この人の気持ちはやはりわからないと思った。

境内の中はあらゆる場所が立ち入り禁止になっていて、賽銭は入れられるとは言っていたが、拝殿の階段には『のぼらないで』という注意書きがあった。僕が過去に戻って見た時よりも、どこか活気がなく廃れていた。

東堂なら何か知っているだろうか。

「あの、あなたの身体が薄くなっているのは、これと関係ありますか」

「ああ。言っただろう、神社の衰退は今にはじまったことじゃないと。人々の信仰が少ないと力にも制限がかかってしまうんだ。無駄を省いてきたつもりだったが、そろそろ限界が近いな」

そう言ってその人は、今一度欠伸をした。やけに眠そうなのは、もしかして……と思わずともそうなのだろう。この人の力は明らかに弱まっている。

「とにかく、勝青年」

「……」

「オレは、自分の最後の仕事としてお前を幸せにしようと決めたんだ」

木々が鳴る。風がざわめきを呼んで、僕は身体中の血流がつま先から頭の先までじわじわと昇っていく感覚を覚えた。

「だから、納得のいくものを最後まで見せてくれ」

微笑んだその顔は、今までとは違った。いつもの勝気な、この人独自のあの意地悪な笑みなんかじゃなく、どこか慈愛に満ちていた。

ずっとずっと悩んでいた。泣きじゃくって、後悔して、その度に、この人に助けられた。

神頼みなんて意味はない、そう思っていた。人々は何かに縋りたくて、最後の最後で誰かに祈りを捧げるのだと思っていた。

だけどどうしたことか。気づけば、この人を頼りにしている自分がいる。

一人で、夢を目指している気がしていた。導いてくれる人、支えてくれる存在に気づかないまま。

「…………」

出会いを思えば癪だ。でも、この人に出会えたことが僕にとっての人生で最良のことだったのかもしれない。

忘れたくない、忘れられない。この人に支えられた今までの時間を無下にしてはいけない。

悩んでいたが、今度こそ決めた。

嚙み締めそうになった唇を確かに開いて「はい」と頷いた僕の声は静かな夜に溶けていた。

結果がどう転んでも、できる限りの努力はしよう。自分のために、そして、僕の幸せを願ってくれている誰かのために。

せっかくもらった、神様の贈り物なのだから。

精いっぱいを努めよう。

僕はその日、先が見えない心の迷いがようやくあの澄みわたる夜空のように、すっきりと晴れたのだった。

第七幕　その夜は初恋（せいしゅん）をかたちどる

大学三年生師走の時期だ。

「勝。お前って、本当に亜霧さんに興味ないの？」

僕らは、年末の大掃除ということでサークルの大道具を片付けていた。僕は突然の質問に困惑しながら、持っていた小道具の箱を盛大に床に落とす。

「うわっ、何やってんだ。大丈夫か？」

「あ、ごっ、ごめん！」

床に散らばったそれを拾い上げながら謝る僕に、東堂は同じようにしゃがみ込んで小道具を拾った。

「俺さ、お前にその気がないなら、亜霧さんに告白しようかなって思ってるんだ」

ついにやってきたかと思った。確かに、過去に東堂とともに大道具を片付けはしたが、その時にこんなことを言われた覚えはない。本来であれば、二年生の秋の時点で言われている内容だ。やはりこれほどのずれがあるのは、少なくとも僕がやってきたことが影響しているのかもしれない。

「もうすぐ四年になるし、卒研でも忙しくなるから、タイミング的には今かなって」

あ、なんて最悪な日に飛ばされたのだ。僕の心を一瞬で地獄の底に突き落としてしまう展開を、過去に振り返ってまたもう一度味わうことになろうとは。

いつだったか。東堂は春町さんを下の名前で呼びはじめていて、僕は内心嫉妬で腸（はらわた）が煮えくり返りそうだったことを覚えている。

「亜霧さんって今まで付き合ってきた人とかいるのかな」

「なんでそんなこと……」

「だってお前、亜霧さんのことよく知ってそうだし、興味がないなら……」

「いや待て東堂！　ぼ、僕は……」

「大丈夫ですか」

頭上から降ってきた春町さんの声に思わず固まる。

東堂は「あ。亜霧さん、衣装整理は終わったの？」と普通のトーンで話しかけていた。なんて切り替えの早い男だ。

実に間が悪い。いや、これは神のお告げなのか。未来を変えることは駄目だ。それはこの世の理においてタブーなのだ。改めて、そう言われている気がする。

なんだか居心地が悪くなって「拾ってくれてありがとう、ちょっと外の空気吸ってくる」と僕は全て小道具を入れ終えた箱を持って立ち上がった。ふらついている僕の足取りには覇気がなかった。

背後から「あ、千駄ヶ谷くんどちらへ？」と春町さんの声が聞こえて振り返ろうとしても、「大丈夫」と東堂の声で思い留まった。

「あいつ外の空気吸いに行っただけだから。それより亜霧さん、今あいつとも話してたんだけど、亜霧さんって彼氏いるの？」

「何故そんなことを？」

「ああ、なんていうかそんなイメージないから」

「いいえ、いません。ただの一度も」

「え、そうなの？　そこは意外。告白とかされてそうだけど」

「されたことはあります。でもそんな気が起きません」

「それこそどうして？」

「初めて付き合う人は、結婚する人と決めているんです」

二人の会話が聞こえてないふりをしながら、僕はつま先で倉庫のコンクリートを打った。逃げたいわけじゃない。だけど、二人を目の前にすると自信がない。いつまでもぐずぐずしているわけにはいかない。わかってはいるんだ。

後悔に苛まれつつ、やっぱりもう一度戻るか、と踵を返そうとしたところで「千駄ヶ谷くん!!」と目の前に息を切らした春町さんが立っていた。僕は驚いてしまって「うわっ」と些か失礼な声を出してしまった。

「春町さん!?」

「ごめんなさい、実は千駄ヶ谷くんに用事があって」

「え、用事ですか……?」

僕は今し方、彼女が走ってきた方に顔を向けて東堂を思った。どうして春町さんは、僕を追いかけてきたんだろう?

「千駄ヶ谷くんって、一月生まれですよね」

不意に彼女が僕に訊ねる。あれ、言ったことあったっけ。なんて薄ぼんやり考えながら「はい」と頷く。

「そうですけど……」

「実は、前回は渡せず今更なのですが……それに誕生日も来月ですし、ちょっと早くて申し訳ないかなって、思ってもいるの、ですが……」

どこかもじもじ、もごもごとしている。普段から物事をはっきりと言うタイプの彼女にしては、かなり珍しいかもしれない。

僕は少し困惑して「ん？」と首を傾げてしまう。するとそんな僕に「こ、これ！　どうぞ!!」と、彼女は勢いよく小さな袋を差し出した。

「私にくれたオーナメント覚えてますか？　それのお礼です。今更ですが、千駄ヶ谷くんもお誕生日おめでとうございました」

春町さんは照れ臭そうに言い終えたあと、ほっとしたように溜息を吐いた。彼女なりに緊張していたのだろう。

そんな彼女はレアで、可愛らしくていつまでも見ていたい気持ちに駆られた。

「あっ、あけても、いいですか」

恐る恐る訊ねると、彼女は頷く。あんな即席のプレゼントでお返しが貰えるなんて考えもしなかった。ドキドキしながら、小袋を開ければ、中には……。

「実は、千駄ヶ谷くんがくれたオーナメントには、対になっている鳥がいたんです」

ゆっくりと紐を摑めば、その下にラメを輝かせた白い鳥が、花冠を嘴にくわえている。

まるで宝石をちりばめたような美しさを放って、こんな夜空の下でも構わず自由に羽ばたいている。

「昔から鳥にはいろんな意味があるんです。自由だったり飛躍だったり」

素敵な贈り物だった。仮令それがどんなものであっても、一生の宝物になる。

「千駄ヶ谷くんの明日が、素敵なものでありますように」

だから彼女の言葉を聞いた時、僕は自分の目からぽろっと涙が落ちた。

「えっ、千駄ヶ谷くん……泣いてるんですか？」

「ご、ごめんなさい……」

僕は眼鏡を浮かし、袖で涙を拭いながらそうしてもう一度そのプレゼントを見直した。一生、一生大切にしたい。

「やっ、やっぱり同じものはダメでしたか？」

首を思いっきり振る。好きな女の子の前でなんて情けない姿だろうか。

ぽろぽろと地面に落ちていく涙が、僕の心の弱さを示しているようで嫌になった。

それでも今までの時間は決して無駄じゃなかったんだよ、と言われているようで、僕の頼りない心が報われたような気がした。

「あり、がとう……ありがとうっ、はるまちさん……」

これ以上、涙を落とさないように天を仰ぐ。いろんな夜を過ごしてきたが、今日は一段と月が綺麗に見えた。夜はいろんな顔を見せてくれるが、それもこれも目の前にいる彼女のおかげなのかもしれない。

暫くして他のサークル部員がやってきて、忘年会と称して飲もうという話になった。

僕はその時、東堂に気持ちを打ち明けようと思っていた。

それなのに、どうしたことか。周りに囲まれてどんちゃん騒ぎしている事態に、僕は困惑するしかない。こんなことしている場合じゃないのに、今日に限って周りの人間が僕を無視しなかった。やいのやいのとテーブルを連れ回されて、挙げ句本日最も酔っ払いが多い卓についた時、目の前にいた部長が「そういやさあ」としゃっくり交じりに口を開いた。

「亜霧とセンダゴシくんって付き合ってるの？」

何がどうなってそうなった。というか、センダゴシとは誰のことだ。

僕は最大級にフラストレーションが溜（た）まっていた。さらに言えば今し方、口に含んだ烏龍茶（ウーロンちゃ）を噴き出しそうになった。

「な、なんでそうなるんですか!?」

「ええ、だって二人って高校から一緒なんでしょ？　しかもたまたま。あり得る？　東京の同じ大学に二人揃って進むなんて、示し合わせたとしか思えないでしょ。ねえ？」

　酔っ払いたちは「確かに」「一理ある」「うむ」とか、まるで偉大な評論家きどりの顔をして、僕に好奇の目を向けた。

「しかも何げに仲良しだし、なつゆめの公演の時もさあ」

「あー確かに！　怪しい！」「さっきもなんか二人で怪しげだったしい」「うんうん」

　生まれてこの方、こんな風に人に囲まれ、質問沙汰にされたことなどない僕にとっては場の対処法など微塵もわからなかった。

　どうして僕だけが質問攻めにされるのだろう。誰か助けてくれ。と思って東堂を見たが、東堂は珍しく僕のことを助けず、ただこちらを眺めているだけだった。

　ど、どうしたら……と思って、不意にテーブルの端の方へ視線を移せば、春町さんと目が合った。何故、彼女も否定をしないのだろう。

「それで、どうなの？　付き合ってんの？」

　同時に責め立てられて、僕の肩はますます縮こまっていく。

「つ、付き合ってないです」

「なあんだ、つまんない」

「まあ、確かに亜霧はどっちかっていうと、東堂くんの方がお似合いっていうか」

「見た目はねえ。ねえねえ、そっちはどうなのよ？」

急に会話の矛先が東堂に向く。そこでようやく春町さんが「もうその話はいいので」と話題を切り上げようとしたところで、「俺は」と東堂が遮るように口を開いた。

「全然いいと思ってる。亜霧さんのこと」

瞬間、周囲から歓声のような声が聞こえて一気に騒がしくなった。僕は心底驚きながら東堂と目を合わせた。そうして春町さんを見れば、春町さんは何を考えているのかわからないが、東堂へ顔を向けていた。

「えっ、それってつまり東堂くんは……マジ⁉」

「でもさ、そうなると……」

周りの視線が今度は僕に戻ってくる。ぎくりとして肩を揺らせば、「センダゴシくんはどうなの？」とまた質問の矛先が戻ってきた。

「亜霧のことどう思ってんの？」「てか三角関係じゃね？」「え、やば！」

勝手に盛り上がっていく周囲に合わせて、店内の熱も段々と上がってきているような気がした。僕は内心泣きそうだった。告白しようと思っていたが、別に誰かに見せつけたいわけじゃない。こんな風に、見世物にされながら、僕の命を懸けた大告白をするつもりなど到底なかった。

「あ、いや……そのっ」

「勝」

戸惑っていると、東堂に声をかけられた。まさか救いの手を差し出してくれるのかと思いきや、放たれた言葉は意外なものだった。

「お前はどう思ってんの？　亜霧さんのこと」

まさかだった。「へ」と僕の喉からは間の抜けた声が零れて、気づけば目の前は「そうだよ、どっち⁉」という飲んだくれ集団の壁ができていた。

どうしてこんなところで、こんな奴らの前で、僕の一世一代の告白を邪魔されなきゃならないんだ。目眩まで起きそうな気分になって、我慢の限界を超えた僕はついに「いやあのっ！」とテーブルを叩いた。

「そういうんじゃないからっ！」

「…………」

周りが一気に静まる。はっとして顔を上げると、彼ら彼女らは目を合わせて、「それってつまり」と声を合わせた。

「亜霧のことは、好きではないってこと？」

「……は？」

どうしてそうなるんだ、と思ったが。ここで「それは違う！」と否定してしまえば、僕はこんな大勢の前で告白をしたことになる。いやしかし、ここで肯定してしまっては、春町さんのことが好きじゃない、と言ってしまうようなもので……。

どう答えるべきかわからずに、はくはくと口を動かしているとゴトンッとテーブルをガラスで叩いたような音が鳴って、僕たちは一斉にそちらを見た。

「そうですか」短く冷たい声がその場を一気に凍りつかせた。

「私も、千駄ヶ谷くんのことなんてこれっぽっちも好きじゃないです」

人の好奇心や野次馬精神は時に誰かを破滅させる。そんな風に僕は思うが、今はまさにそうだ。心を抉るような、その鋭い言葉に僕の心はついに止めを刺された。

血の気が引き、まさに青白い顔という言葉がぴったりの僕に、彼女は顔を逸らして豪快にお酒を呷っていた。周りは何故か「あーあ」みたいな顔をして、口直しの酒を飲みながら「じゃあ、そろそろお開きにしましょうか」などと勝手なことを言っていた。東堂はやはり素知らぬ顔をしていて、この瞬間、僕の味方は一人もいなかった。

外に出て慌てて春町さんを追ったが、早足に彼女は帰ってしまった。誕生日プレゼントを貰った時の幸せが嘘のようだった。

あんな春町さんは、はじめてだ。あれは、完全に怒っていた。まさか、過去に戻ってまでこんな最低な夜を過ごすとは思いもしなかった。

僕の三年間が無駄になった瞬間だった。

目を開けば、僕は交差点の路肩で横になっていた。こうして道路で目を覚ますと、まるで僕自身が酔っ払いになったようで、恥ずかしい気分になる。

「おい、勝青年。急に車道に飛び出すな。驚いただろう」

目の前にしゃがみ込んだその人が、膝の上で頬杖をつきながらそう告げた。

……と身体を起こせば、全身を痛みが襲った。これまでの比じゃないぞ。痛すぎる！　あれ

「いきなり全力疾走して、車の前に飛び出したから余分に身体が疲労して傷んだんだぞ」

ちょっとは死に方考えろ、と普通に生きていたらまず聞かない言葉を吐き出される。

そしてその人は、眠そうに瞼を擦り欠伸をした。そうだ、僕は心が晴れやかになったからと調子に乗って、車が走る交差点に向かって飛び込んだんだった。

「や、やらかしました……」

「いつものことじゃないか」

「今回はいつものことどころじゃない！　大失態だ……僕はもう終わりだ……」

「なんだ、そんなにダメだったのか」

「ダメです、だって僕……春町さんに好きじゃないって……」

「言ったのか？」

「言ったようなもんです……」

ああ、終わった。終わったんだ。僕のやり直し人生は。

なんて間抜けで、呆気ない終わり方か。

せっかく意を決したはずだったのに、結局、何度も繰り返したタイムリープでできたことは想い人を怒らせることだけだった。

まさに真っ白に燃え尽きている僕に、不意にその人が「阿呆だな」と呟いた。

ごもっとも。僕は正真正銘の阿呆だ。一体なんだったんだ。今までの時間は。

もう大学三年生の冬の分岐まで来ているんだ。もう一年もない。

いや、それどころか。分岐が残っているのかも危うい。

ブーッ、ブーッ。と。僕のスマホにひっきりなしに着信が入りはじめる。春町さんが意地でも僕に、「結婚します」と告げたいように思えて泣きたかった。

「どうする？　勝青年。やめるか？」

何度も僕にかけていたその問いを、またそうやって投げかける。でも、あの時とはまた違った心情であることは確かだ。

「……やめたら？」

「〝お前はこの恋に命を懸けているんだ。もし上手くいかなかったその時はお前自身が死ぬと思え〟と言った言葉を覚えているか？」

僕はゆっくりと頷く。その人は長い髪を払いながら立ち上がり、アスファルトをつま先で蹴り飛ばしながら歩いていた。

「もちろん彼女は東堂宗近と恋仲になり夫婦となるだろう。そしてお前さんは死ぬ。オレも神としての仕事を最後の最後で失敗して、ちゃんちゃん。お終いだ」

「最上級のバッドエンド……ですね」

「まあな。……酒でも飲みに行くか？」

こんな時にもお酒が先行して出てくるのか。呆れてしまいたいが、その気持ちもわからないでもなかった。

本当の絶望って涙も出ないのかもしれない。ぼんやりと空を見上げて、未だ暗いままの世界で目を閉じた。

「……ちなみに勝青年」

朝日なんてしばらく見ていない。このままずっと夜が明けなければいいのに。

その人が立ち止まると、靴裏で砂利を踏みしめる音がした。僕はゆっくりと目を開いて、その人の方へ顔を向けた。

「やり直しは残り」

人差し指を立てて、僕に向かって顎先を上げる。

「一度が限界だ」

この世の何よりも美しく、そうして勝気な表情。これは僕を試す時の顔だ。

「さ、どうする？」

はじめて心が揺らぎそうだった。ここまで頑張ってきたはいいが、本当に正しかったのか全くわからなくなったからだ。

「失敗したら、僕はこの世から、いなくなるんでしたよね……」

「ああ」

「いなくなったら、地獄に行くんですか」

「さあ。それはお前の行い次第だ。真っ当に生きたという自信があるなら、堂々と天国へ行けるだろうよ」

地面についていた手でゆっくりと拳を握った。悔しいのか、切ないのか。気持ちが迷子だった。

そんな僕を鼻で笑って、「不安か」と言う。当たり前だ。

「不安しかありません……」

「それは死ぬことに対してか？　初恋を逃すことに対してか？」

「両方です」

「はっ、正直だな」

遠くにいたその人が長い足を動かして目の前までやってくると、僕の前髪を摑むように額を押した。俯いていた僕はいやでも顔を上げて、その人と目を合わせた。黒くて長い髪の毛が周囲の景色を隠してしまい、僕の視界はその人で埋めつくされた。

「あの世で、オレと一緒に幸せになるか」

「え……」

「不安がらずともお前が地獄に堕ちるなら、オレが一緒に堕ちてやるさ」

口調は相変わらず荒いし、僕への扱いはどこか雑だ。しかしその微笑みだけは、大事なものに語りかけるように優しくて僕は、悲しい気持ちも苦しい気持ちも、その一瞬だけは忘れてしまった。

「地獄は……嫌なんですけど」

言いたいことは山ほどあるはずなのにどこか的外れなことを言ってしまう。そんな僕に「軽口が叩けるなら十分だ」と前髪を摑んでいた手で頭を撫でられた。

美しい夜空をバックにその人が美々しく微笑み「さ、最後の大仕事だ」と、僕の腕を摑んだ。

立ち上がると、意外と身体が軽いことに気がついた。あれだけ重いと思っていたのに、誰かに手を取られるだけでこんなにも軽くなる。

僕はずっと一人で頑張っていた気がしたけど、そうじゃないと認識した。少なくとも、この人とともに僕はこの夜を巡っている。

スマホの連絡がやまないから、不意にポケットを漁った。するとそこには硬い何かがあって、僕は身に覚えがない感触に戸惑いながらそれを取り出した。

春町さんがくれた白い鳥のオーナメントだ。思わず息を零すように笑いがこみ上げた。

きちんとポケットに入れているところが、僕らしい。まさかこれをお守り代わりに、春町さんに告白しに行こうとしていたのだろうか。

もしそうだとしたら、実に健気(けなげ)で可哀そうで、それでいてやっぱり頑張りたいと思った。

またスマホが震えた。僕はオーナメントを片手に、ゆっくりとその電話に出た。春町さんの家族の声が後ろで聞こえる。

『千駄ヶ谷くん？　お久しぶりです』

そんな中、彼女の声が聞こえた。僕にとっては、ちっとも久しくはないが彼女にとってはそうなのかもしれない。もしかしたら春町さんを怒らせた僕は、あれから連絡をする勇気も出ず、今の今まで過ごしていたのかもしれない。いろんなことが想定されたが、きっと思わしくない行動をとっていたに違いない

『実は東堂くんと連絡がつかなくて』

まず東堂と連絡がつかないという話をしていた。積み重なった過去の記憶は、全て本物になってこうして今この瞬間に引き継がれている。

『それから、お話ししたいことがあります』

日々の積み重ねがこうして結果に出るのだと思い知らされてから、努力が大切だと知った。勇気が明日を救うのだと知った。

『千駄ヶ谷くん。私……』

「春町さん、僕は」

春町さんの言葉と重なるように口を開く。

「あなたに言い忘れていたことがあるんです」

ようやく口にした彼女の名前は、意外とすんなり喉の奥から出た。涙はぽたぽたと落ちてくるが、僕は案外冷静で、落ち着いたまま話を続けた。

スマホ越しに、『え？』という彼女の声が微かに聞こえた。随分と先を歩いているあの人はこちらを振り返りもしないが、なんだかこの会話も筒抜けな気がした。

「もしも言うことができたら、心から二人の幸せを祝福するので」

あともう一度。もう一夜過ごしたなら、僕は二人の幸せを願いたいと思う。

「だから、待っていてもらえますか」

僕の投げかけに、彼女は戸惑ったような声で『わかり、ました』と答えた。

暫くして「では」と僕は通話を切った。これが最後になるかもしれないのに、とは思ったが、これ以上話していてはみっともないことを言いそうでやめておいた。

顔を上げて前を向くと、あの人が随分と遠くを歩いていた。人を待つということを全くしない人だ。……まあ、いいか。

夜は長いとはいえ、これが最後になるのかもしれないのだから。

毎度毎度、あのおでん屋で酒を飲んでいるその人に付き合って、今回ばかりは僕もたらふく飲むことにした。あまり得意ではないが、これが最後の酒かもしれないと思うと、一段と惜しく、そして美味しく感じる味だった。

「それにしても。今夜は本当に冷えるな！」

暫く酒を楽しんだあと、その人が散歩がてらに歩こうと言った。

「……今更じゃないですかね」

「そうか？　今までで一段と冷え込んでいる気がするがな」

酒と痛みのせいで鉛のように重い身体を必死に動かしながら、その人についていく。歩幅がいちいち大きいのか、歩調を合わせようとすれば僕は必然と早足になった。

「あの、少しは待ってくれませんかね。僕は身体が痛いんですよ？」

「何を言う。目標とは常に先にあるものだ。追いつきたくば、貴様が努力しろ」

「無茶言わないでください！　待つことくらいできるでしょ……」

「待ってやることが優しさならば、進んでやることもまた優しさだ。オレはお前のために先にいるのだ」

高らかに笑って、屁理屈ばかり言う。ああ言えばこう言うを体現したかのようなその人を必死で追いかけているうちに、僕はいつの間にかはじめてこの人と来たあの佳月橋の傍までやってきていた。思えば、この場所でこの人に投げ飛ばされてからおかしなことばかりが起きた。

「なんだか、妙な感じですね」

「妙とは？」

「本来は一晩も経っていないのに、幾度の夜をたくさん過ごしてきたからか」

　立ち止まって、欄干に手を置く。ずっと奥まで流れていく川を眺めていれば、やっぱり不思議な気持ちだった。夜中はまるで真っ黒だったというのに、朝に向かおうとしている今、青藍に染まり、その表面に光を反射させはじめている。

「なんだか違う自分になった気分です」

「そりゃ一夜明けたら、また新しい一日が始まる。それに合わせて、一晩で人は多少なりとも成長するものだ」

　その人は隣にやってきて欄干に頬杖を突いた。空を見上げれば、仄かに青白く染まり始めていた。いつの間にこんなに時が経っていたのだろう。

　つい先ほどまで〇時すら回っていなかったような気がするのに、世界は今にも朝を迎えようとしていた。まるでもうすぐ、この時間が終わりだと告げているように。

「死ぬのは怖いですかね」

　空を見上げたまま訊ねれば、その人は肩を揺らして笑った。

「何を言う。何度も経験したろ」

「それとこれとは違うじゃないですか」

「あれ以上でもあれ以下でもない。ただ何もなくなる。それだけだ」

あっさりと言い放って、その人は僕の隣に並んで一緒に川を眺めていた。風にその人の黒髪が靡く（なび）その毛先を辿るように、その人へ目を向ければ、身体がほんのりあの空のように朧げ（おぼろ）だった。薄明に照らされたあの川のように、その人の青白い肌を眺めて、僕は「あの」と身体ごとそちらに向けた。

「どうしてここまで、僕のためにしてくれたんですか」

「前にも言っただろ。お前が思っているよりも随分長い話になると」

「そうですか」

全く。こっちがいくら真面目に言ったって、どうせはぐらかすんだから、この人は。

「……また、会えますかね」

「オレに会いたいなら、まず、お前の成功が必須条件だ」

「それは確かに、そうですね」

「もし成功して、お前がオレに会いたいと言うのなら、酒でも奢ってもらうか。そうだな。月見酒なんてどうだ？　祝杯としては持ってこいじゃないか」

「また酒ですか」

思わず笑ってそちらを見れば、その人もまた僕を見て穏やかに微笑んでいる。ああ、どうやら本当にこれが最後らしい。その慈愛に満ちた目の色で、僕はそれを理解した。

「わかりました、約束です」

僕が小指を立てれば、その人は鼻で笑ってゆっくりと小指を絡めた。今にも消えてしまいそうな肌からは、冷たいようで温かな優しい温度がした。

これが最後だ。この人と会えるのも。僕がこの夜を巡るのも。

何かもが、これで最後。

「いいか、勝青年。この夜に無駄なことなど決してなかった」

ゆっくりと口を動かし、その茅色の目に闇夜に浮かぶ様々な光を集めていく。

「努力が報われないこともあるが、何もしなければ成し得ることもない」

煌めく宝石のような目が僕を真っすぐに見つめて、言葉を粒立てていく。

「頑張った奴にこそ、目標に辿り着く権利が与えられる」

指が解け、ついにその人の温度が離れていった。

「お前にはその資格が十分ある」

なんだか鼻の奥がつんとした。はじめて認められたような気がして、嬉しくなった。

僕は深呼吸をして、足を踏み直した。

真正面から向き合い、「それじゃあ」と口を開いた。

最後の大チャンス。もう、失敗は許されない。

「一思いにお願いします！」

空高く響くような大きな声で言った僕に、その人は「ああ」と穏やかに頷いたが、それとは裏腹に僕の胸倉を強引に摑んで、力強く引っ張り上げた。

「準備はいいか、勝青年！」

高らかに告げる。やること成すこと乱暴な気がするのに、その人間離れした美しさに魅了される。多分、この世に、この人に見惚れない人間なんて、存在しないだろう。言い切ったっていい。ただただ美しいと形容するしかないのだ。

「はいっ！」

「いい返事だ」

僕の胸倉を摑み上げたまま鼻で笑うと、まるではじまりを彷彿させるかの如く勢いよく僕の身体を川に向かって投げ捨てた。

遠心力がかかって、思っていたより遠くに投げ出された僕の身体は、放物線を描いて、一度目と同じように見事に橋の外へ投げ飛ばされる。

「勝青年」

何もかもが同じようで、同じではない。視界に広がる紺青には曙が優しく滲み、朝と夜の隙間を星々が照らしていた。満天の星が、柔らかな白に染まっていく様は形容しがたいほど美しかった。

身体が真っ逆さまに橋の下へ落ちていく。

かけていた眼鏡が見事に顔から浮き上がった。

そんなスローモーションの世界で、その人は、やっぱり笑ってこう告げた。

「頑張ってこい！　大事なのは踏み出す勇気だ」

朝焼けが綺麗な空だった。

秒針が、進む。

「いってきます!!」

僕の最後の気合とともに。

第八幕　夜を歩いて初恋に会いにゆく

本当は時間を戻して、やりたいことなんてたくさんある。こうすればよかった、ああすればよかった、なんて出来事はごまんとありすぎて、日々を過ごしていくうちにそういった口惜しさは、気づけば「まあいいか」と妥協の中に埋もれていく。

そんな些細な後悔はやがて大きなしこりとなって、不意に思い返した時、涙が滲むほど悔しい気持ちになる。それは、もっと自分にやれることがあったことをわかっているからだ。どんなに苦しくとも辛くとも、今を頑張るしかないことを知っているからだ。

時刻は十八時半頃だっただろう。学生生活、最後の演劇祭と言えるこの日は、僕らの四年間が試される五月のことだった。まさか最後の夜が春宵になろうとは。

全国演劇コンクールとも称されるこの祭りは、優勝すると二百万円ほどの賞金とテレビ出演、そしてサークルとして取材され新聞にも掲載される。

有名な芸能事務所の人も観に来ているとかで、本気で俳優を目指している人にとってはまたとないチャンスだ。うちの部員たちにも、そのようなチャンスを狙っている人がいて、そういう人はやはりこだわりや熱量が違っていた。この演劇祭で行われる舞台は、サークル活動の集大成を見せる場でもあった。

因みに僕たちのサークルは、現代版ロミオとジュリエットを公演予定だ。現世にいた男の子が、タイムスリップして十四世紀イタリア・ヴェローナに飛ばされる。

そして、ただの少年が、現代に帰るために幾度もの試練を乗り越えて、その間、少女に出会い、彼が現代に語り継がれているロミオになるまでのお話だった。

幽霊部員だった僕がどうしてこれほどまでに内容に詳しいのかというと、なつゆめの時と同じく東堂に言われて舞台を観劇していたからだ。しかし、前回タイムリープした時の舞台と同様、僕には何かしら役割があるらしいが、なんだろう、この服は……まるで衣装のような……。

目を細めて自分の身なりを確認していると、「勝、ここにいたのか」と声をかけられた。この声は東堂だ。隣を確認すると衣装を身に纏った、この舞台随一のイケメンが立っていた。

四年の春時点で就活も卒論も難なくこなしている東堂は、この最後の舞台でも見事主演を務める。あまりに完璧超人すぎて、こいつこそ人生を何度も繰り返しているのではないかと疑いたくなった。

「似合ってるじゃん、衣装」

「あ、東堂。僕、この格好ってなんの……？」

「なんのって、村人だろ？」

どうやら僕は四年間を通してなんとか村人まで昇格したらしい。喜んだらいいのかどうか、いまいちわからない。

「あ、そうだ。東堂。春町さんってどこにいるかわかるか？」

「亜霧さん？　亜霧さんなら楽屋の方に……というか、大丈夫か？」

「え？　何が……」

「喧嘩してなかったっけ」

「だ、誰が？」

東堂はなんでもない顔をして「亜霧さんと勝」と言うので、僕は心の中で絶叫した。

「いつから!?」

「いつからって……年末の大掃除？」

五カ月も経っている。そんな馬鹿な……。まさかまた僕は彼女と会話をしていないなんてことはなかろうか。大晦日で懲りたはずだろう。いやでも思えば電話でも『お久しぶりです』と言っていたから、あり得ない話ではないか。

たった一度の失敗、されど一度の失敗だ。しかし今すぐに謝りに行かなくては。「ありがとうっ」と告げ、駆け出そうとすれば東堂に腕を取られる。僕はゴムのように引き戻されて、危うく背中から転びそうになった。いくら僕がドジであろうと、今だけは転んではならない。踵（かかと）を踏みしめてなんとか耐えた僕は「な、なんだ⁉」と東堂を振り返った。

「ど、どうした？」と顔を合わせると、東堂ははっとしながら僕の腕を離した。

「あ……悪い。衣装の裾が、ズボンのところに挟まってるから」

「え？　ああ、本当だ。教えてくれてありがとう。それじゃあ……」

こんな歯切れの悪い東堂ははじめてで、僕は探るように言いながら前を向いて走り出した。とにかく春町さんに謝りに行かないと。

荷物が置いてある楽屋へ向かい中を覗くと、化粧台を前に悄然（しょうぜん）とした表情をしている女性が一人。

オフショルダーの衣装を着ているからか、剝（む）き出（だ）しの白い肩がやけに美しく見えた。ウェーブのかかったウィッグは香色（こういろ）で、ずっと黒髪で通してきた彼女をどうにも新鮮に感じた。とはいえ、どんな髪型でも似合うところが彼女の凄いところだ。春町さんは今宵、この公演のヒロイン。つまり、東堂の相手役。愛し（いと）のジュリエットを演じる。

　僕はそのまま声をかけた。

「はっ、春町さん！」

　華奢（きゃしゃ）な肩が微かに揺れて、彼女はゆっくりと振り返った。

「千駄ヶ谷、くん？」

　僕の姿を捉えた目が驚きで丸くなる。僕は意を決して、足を大きく踏み出した。腕を振って、恥ずかしさや緊張で肩が上がりながらも「あのっ」と声をかける。

「ごめんなさいっ！」

「……え？」

「僕、そのっ……春町さんにずっと謝りたくて、忘年会のこと……」

　威勢がよかったのははじめだけで、言葉が尻すぼみになる。何故なら、ここは二人だけの空間ではないからだ。周りにいた人たちが、何事だと僕らに向かって目配せしている。

「僕は、あの時、恥ずかしくて、ずっと本音が言えなくて……それで、もし怒らせてしまっていたら……」

　そこまで話して、僕は春町さんを盗み見た。けれど彼女の表情はどこか上の空で、「春町さん？」と名前を呼べば、はっとしたように「すみません」と頭を下げた。

「私は、怒っていませんよ」

「そ、そうですか……」

どうしたのだろう。緊張しているのか？

「では僕の勘違いでした。すみません、てっきり避けられてるのかと」

「……避けてたのは、千駄ヶ谷くんじゃないんですか？」

「へ？」

「違うんですか？」

僕は自分の頬を叩いてやりたい衝動に駆られた。大馬鹿野郎と、グーパンチをお見舞いしてやりたかった。

「ぼ、僕が避けるなんてあり得ませんっ！」

「……そうでしたか、なら私も勘違いしていました」

春町さんは僕に向かって、座りながら身体の向きを変えると「ごめんなさい」と頭を下げた。

「はっ、春町さんが謝ることなんて何も……」

そこまで言いかけた時、「亜霧！　そろそろ袖待機した方がいいかも」と部員の声でかき消される。僕たちは揃ってそちらを見て、春町さんはスマホを鞄の中に仕舞いながら一度、深い溜息を吐いた。そうだ、本来の目的を忘れてしまうところだった。

「あの、春町さん……！」

「はい？」

またも振り返るその姿は見返り美人にも匹敵する。見惚れそうになりながらも「僕……」と続けたが、春町さんはこれから本番で大役をこなすのだ。

いくらなんでも、ここで我を通してしまっては無神経な気がした。

「いやっ、が、頑張ってください！」

拳を握って伝えれば、春町さんは少しだけ微笑んで「千駄ヶ谷くんも」と返してくれた。

公演が終わったら、必ずこの夜に決着をつけよう。勇気の一歩をついに踏み出すんだ。

そうと決まれば、まずはこの公演を上手く乗り切らなければ、僕は自分の鞄を漁って、台本を探した。幸い、僕に台詞はなくて、簡単な出捌けをするだけの村人で安心した。ちなみに村人が終わったら黒子になるらしい。

舞台は、ロミオ役の東堂の現代シーンからはじまる。現代と過去が交差する世界の中で彼らは出会い愛を育む。

なんだか、その設定が他人事のように思えなくて自然と涙が出そうだった。

村人の役が無事終わり、蓄光テープをライトで照らしていると僕の背中を東堂が指でついた。今は春町さんたちのシーンで、東堂は暫く舞台上には出ない。

水を片手に「凄いな、あれ」と顎先で舞台上を差した。東堂の差した方を追えば、当然の如く春町さんがいた。彼女が凄いのは今にはじまったことじゃない。

何を言っているんだという気持ちで、「春町さんは元々上手いだろ」と小声で返せば、「じゃなくて」と東堂。

「おばあさん、やばいんだろ」

「……え？」

「あれ、聞いてない？　……言ったらダメだったかな」

悪い、聞かなかったことにしといて、と東堂はそのまま水を置きに裏へ戻っていく。

僕は頭の中で記憶という記憶を探っていた。確か、春から夏にかけての時期。

春町さんが暫く大学を休んでいた。彼女はあの頃、こんなことを口にしていた。

『祖母が亡くなったんです』

記憶を手繰り寄せて、公演日を思い出す。僕は客席にいたけれど、公演後、東堂たちにお疲れ様と声をかけに行った。そして、打ち上げをしようという話になって、主演の一人である春町さんは周囲に気を使って参加し、暫くしたあと急いで帰っていったのだ。その時の気が気じゃなさそうな春町さんの姿は印象的で、僕はその光景だけは未だにはっきり覚えている。そうだ、そういえばそれからだ。彼女が大学を休んだのは。

『あの日、急いで帰ったんですが間に合わなくて……』

後日、東堂と昼食を食べている時、たまたま傍に座った彼女が言っていた。

『どうして私、もっと早く帰らなかったんだろう』

曖昧だった記憶が結びついていく。僕は春町さんの胸の内を思いながら、何故今まで気づかなかったのだろうと後悔した。

『祖母の死に目に会えなかったことは、人生で一番悔いてます』

輝かしいスポットライトを浴びながら、それとは真反対の位置で彼女は葛藤していた。僕にできることは何かないだろうか。……一瞬、告白をするか否かが思い浮かんだが、〝そんなこと〟をしている場合ではないと思った。

僕にとってこの夜が重要であるように、彼女にとっても、今日は大事な日なんだ。

不意に、過去に帰った時に僕の手を握ってくれた祖母を思い出した。どれだけ我儘(わがまま)を言っても、無条件で可愛がってくれる優しさが祖母にはあった。子どもの感覚では、ちっとも理解はできてなかったが、祖母は僕を大切に思ってくれていたのだと、あの慈愛に満ちた目を思い出すとひしひしと感じた。

もしも僕が春町さんなら、この公演も投げ出しているかもしれない、けれど、責任感の強い彼女が役割を投げ出すとは到底思えなかった。だから僕は、公演が終わるギリギリのところまで待とうと思った。しかし、そんな気持ちとは裏腹に時間が進むにつれ、どうしようもない焦燥感に駆られる。

──『お前はこの恋に命を懸けているんだ』

あの人の言葉を思い出しては心の片隅で焦ってしまう自分もいた。簡単に割り切って、善人のままでいられる自分でいられたなら、どれほどよかっただろう。

僕はこの恋を叶えたかった。だがそれは、今ではない。それだけはわかる。タイミングがわからないほど愚かではない。結局、僕の運命ははじめから決まっていたのだ。

夢を見させて貰っただけでも、有り難いと思わなくては。こうして、彼女を思う気持ちを自分で認められるほど、僕は自分を好きになれたのだから。それだけで十分じゃないか。

エンディングの曲が上がり、カーテンコールが行われる。慌ただしくなる袖から、僕は目に焼きつけるようにその様子をただ眺めていた。幕が閉じ、みんなが目配せをする。全てが終わったことに安堵し、やり終えたことに涙する者もいた。

僕は急いで舞台上に上がって、舞台の前方中心にいる彼女の元へ向かった。

「勝？」と先に気づいたのは、彼女の隣にいた東堂だった。僕は脇目も振らずに、その人の元へ向かうと、その細腕を掴んで「春町さんっ」と名前を呼んだ。

彼女が驚いたようにこちらを見る。

「せんだ、がやくん？」

「行きましょう、春町さん！」

「行くって……どこへ」

「春町さんのおばあさんのところです！」

「え……なんで、わっ」

僕に腕を引かれて、彼女が舞台袖に降りてくる。

「一体、どうしたんですか！　まだ片付けも……」

「急がないと……間に合わないかもしれません」

「え……？」

「間に合わないかもしれないんです」

急に何を言っているんだ、失礼な人。そう思われても仕方ない。

「急いでください、後悔する前に」

目を見て、いつになく真剣に言った僕に、ただならぬ空気を感じたのか彼女は「わかりました」と冷静に頷いていた。

大急ぎで衣装を着替えて、荷物を抱えた春町さんが出てくる。いつも身なりを整えている彼女だったが、急いで出てきた様子が見て取れた。

僕はタクシーを呼びつけて、彼女に乗るように促した。財布を漁って、お金を出そうとすれば「そこまでする必要はありませんっ」と彼女が慌てて、僕の手を掴んだ。

「いいんです、僕が急かしたんだから」

このくらいはさせてほしい。財布から引き続きお金を出そうとしたら、中には三千円しか入ってなくて、なんだか最後の最後まで格好のつかないことをしてしまった。

ど、どうしよう。気前のいいことを言っといて……本当にダメダメだ。

「どうして……」

頭の中で自分の不甲斐なさに苛まれていると彼女が不意に呟くから、僕は顔を上げた。

「どうして千駄ヶ谷くんは、私にここまでしてくれるんですか」

僕はあの人に、同じような質問をしたことがある。その時は『長い話になる』とはぐらかされたが、こんな気分だったのだろうか。ここに辿り着くまでいろいろなことがあったし様々なことを思った。七年という月日が、僕を今この場に立たせてくれている。

春町さんの黒髪が、春らしい柔らかな夜風に揺れ、僕はその毛先を視線で追った。そうして「そ、れは……」とぎこちなく瞼を揺らした。言ってしまいたい、言ってしまおうかと心が揺らぐ。だけど、それほど無神経になれなかった。

「あなた、だから」

伝えられてその程度。だが、それだけでいいとしよう。

それだけで、僕の人生に進歩ありだ。彼女の黒緋の目がゆるりと光る。僕はこれ以上、自分が余計なことを言ってしまわないように彼女の手に千円札を三枚握らせた。

「ほら、もう行かないと。あと、ごめんなさい、今三千円しかなくて。駅までは行けると思うから……」

「えっ、あ……千駄ヶ谷くん！」

肩を押して、彼女をタクシーに乗せる。その華奢な体はすんなりと後部座席に収まった。

「運転手さん、とりあえず最寄り駅まで向かってください」

間髪いれず声をかけて、僕は彼女がきちんと中に乗っているか確認してドアを閉める。

「じゃあ、春町さん。気をつけて」

「待ってくださ……」

ドアを閉めてしまったから声が途切れた。タクシーから離れれば、窓の縁に手を掛けた春町さんは、やはり何か言いたげだった。

僕はぎこちなく手を振った。もう二度と、会えないかもしれないから。

「ありがとう、春町さん」

音にしないまま口を動かす。春町さんを乗せたタクシーが走り出す様を見届けていたら、「こんなところにいたのか」と東堂が建物から出てきた。

「探したんだぞ」

「あ、東堂。悪い、撤収だよな」

「……亜霧さんは？」

「あ、ああ、帰ってもらったんだ。だっておばあさん、危ないんだろ」

何かを誤魔化すように大きめの声が出てしまった。何を誤魔化したいのかわからなかったが、緊張していたのかもしれない。

「なあ、勝。お前」

東堂の明るい髪の毛がふわりと揺れる。こんな暗い空の下で見ても、東堂の端整な顔立ちは相変わらず目を引くものがある。

「俺に言いたいことがあるだろ」

僕の顔からするすると力が抜けていく。目の前に立つ親友にずっと後ろめたいことがあった。どうしても気持ちが言えなくて、どうしても遠慮してしまって。

それでも、やっぱり卑怯な真似をずっとしている気がしたから、僕はこの最後のタイムリープで東堂に伝えなくてはならないことがある。わかっていたけど、先に気づかれてしまうなんて、やっぱり僕はまだまだ東堂には敵わないと思った。

「東堂、ずっとお前に言えなかったことがあるんだ」

真正面から向き合って、僕は恥ずかしさで燃え上がりそうな心臓を押さえるように胸元を掴んだ。

「ぼく……僕さ、実は春町さんのことがっ」

そこまで言った瞬間、建物の方から大きな音がした。灯りが一気に消えたので「停電か？」とスマホを取り出した東堂が建物の方へと向かった。

また間が悪い。僕は呪われているのかもしれない。

辺りが一段と暗くなり、空は一層明るく見える。まるで世界が反転しているかのような気分だった。

「なあ、勝。お前もスマホのライト……」

「……きなんだ」

「勝……？」

「好きなんだ、春町さんのことが」

東堂の顔はよく見えなかったが、僕の声ははっきりとその場に響く。東堂からは暫く何も返ってこなかった。暫く沈黙が続いたあと、「そっか」と彼は短く呟いた。

「知ってたよ」

「……へ？」

「わかりやすいからな、お前」

どこか悪戯っ子のように、けれどやるせなさそうに、形容しがたい顔で笑う。そんな東堂の表情はやはり見えなかったが、彼は気持ちを落ち着かせるように息を吐き出した。

「そんなお前に、俺も一つ隠してたことがあるんだ」

「え？」

「実は、もう亜霧さんに告白した」

「…………」

「怒るか？」

肩を竦めて、どこか怒ってほしそうな東堂に僕は茫然とした気持ちでただ首を振った。

「そんな……怒るわけ、ないだろ」

ぽつぽつと答えた僕の声は恐らく小さかっただろう。それでも、東堂は笑って「そう言うと思った」と答えた。

「勝は、自分のことはいつだって二の次なんだ。この人のあとでいい。別に自分じゃなくていい。そうやって、相手に譲ってばかりでさ。だからそんなお前の性格につけ込んで、俺は卑怯なことをした」

自分のスマホを見るようにして目を伏せる。そこから漏れ出る灯りが東堂の柔らかな睫毛を少し白くした。

「お前なら、好きな人さえ譲っちまうんじゃないかなって」

「東堂……」

「悪かったな、勝」

知らなかった。東堂がそんなことを思っていただなんて、これっぽっちもわからなかった。だって、僕が譲ろうが譲らまいが、東堂にとって、さして悩む問題でもないものだと思っていたから。

僕は、ずっと、勝手に東堂に劣等感を抱いていた。僕だけが悩んでいると、勝手に思っていた。どんなに優秀な人間だって、どんなに見目に恵まれた人間だって、それぞれが自分の尺度で、いろんな悩みを抱えているというのに。

そんな当たり前のことを、僕は今更になってはじめて気がついた。

「いや、僕の方が悪い……僕の方が」

ぽつりと呟いた僕に、東堂が不意に笑う。顔を上げると、「なんで俺たち、互いに謝ってるんだろうな」と東堂は天を仰いだ。

「ま、埒(らち)が明かないし、お互い様ってことで手打ちにするのはどうだ」

東堂が今一度こちらに目を向けた時、電気が復旧したのか建物に光が戻った。僕たちの視界も一段と鮮やかになる。僕は頷いた、「ああ」と力強く頷いて、感謝した。

「……ありがとう、東堂」

「だから、それは……もういいや」

笑いながら歩き出す東堂に、僕は「あ、そうだ」と慌てて声をかけた。

「それで……春町さんとは」

聞くまでもないのに、僕は何故訊ねたのだろう。はっとして、首を振る。悪い、そう口にしようとして、こちらを振り返った東堂が先に笑った。

「それは……まあ」

聞かなければよかったと思いつつも僕は固唾を呑んで、その答えを待った。

「秘密」

「そうか、やっぱ……え？」

「こういうのは、俺たちだけの秘し思い出ってのがあるんだよ」

「な、なんで……別に教えてくれたって……」

「お前だって、今まで俺に言いたくなかったことがあっただろ」

「そっ、それは……」

「それと一緒」

東堂はまた前を向き直して、ひらひらと手を振った。

「勝にだけは教えてやんない」

はじめてそんな風に返されて、僕は『なんで』という言葉を呑み込んだ。無理矢理聞き出したところで、結果は変わらないからだ。

今日をもって、僕は僕をやめることになっている。実感は湧かないが、どうせ元の時間に戻ったら身体が尋常じゃないほど重く、激しい痛みが襲ってくることが想像できた。……そのまま死んでしまうんだろうか。

だとしたら、東堂に会えるのもここで最後かもしれない。

僕は放物線を描くように、「東堂！」と彼の名前を呼んだ。

「僕さ、東堂が友達でよかったよ」

普段なら気恥ずかしいが、今日くらいは。この夜ぐらいは、恥ずかしさなんてあってないようなものだった。

振り返った東堂は一度、目を丸くした。そうして目尻を下げて「ばーか」と揶揄(からか)う声がどこか嬉しそうで、こういう大切なことは伝えてみるものだと思った。

「親友だろ」

これまで東堂宗近という男は、僕にとってずっと勿体ない人だと思っていた。しかし今なら、ようやく東堂の親友として、僕は胸を張って歩けるような気がする。

僕は「そうだな」と強く頷いて、歩き出す。その瞬間、心臓が波打つ音がした。じわじわと額に汗を感じて、息苦しくなっていく。こんな感覚、今まで味わったことがない。もしかしたら、あの人の力がついに尽きたのかもしれない。

僕が選択を誤ったから、早々と地獄に堕ちてしまうことが決まったのかもしれない。浅くなる息を整えるように胸元を摑めば、目の前の東堂が困惑したように僕の名前を呼んでいた。

だが、それさえも耳に届かない。僕は目眩に呑み込まれていくように、身体を前方に倒してしまう。地面に打ちつけた身体は、やはり鉛のように重く、熱かった。

膝やお腹や肘、そして顔にも。じわじわと痛みが広がっていた。

ついに意識が遠のいていく。ああ、終わる。終わってしまう。

もっと、もっといろんなことがしたかった。思い返せば、やり残したことがたくさんある。言えなかったこともたくさんある。

気づけば、閉じた瞼の裏から涙が溢れて落ちた。ぽたぽたとアスファルトに染みていく。

それすら、もう視界に映すことはない。

真っ暗な世界で僕の意識は、絵の具が混ざり合うようにぐんにゃりと歪んで、ループするようにぐるぐると渦を巻き続けていた。

やがて、渦を巻いていた意識は流星のように糸を引き続けて、弾けて消える。僕の意識も、夜の空に投げ出されたかのように散漫としていた。

一世一代の告白はできなかったが、それでもその日の夜は、どんな時間よりも後悔なく過ごせた。もしこのまま死んだって、そんなに落ち込まないかもしれないし、悲しみもないかもしれない。

後悔のない明日を目指す、というのは案外難しいものだった。きっと向き不向きがあるのだろう。誰かにとってはほんの少しの勇気でも、誰かにとってはほんの少しの勇気でも、誰かにとっては、とびきり大きな勇気が必要なのだと思う。

僕にとって、それは後者だった。恐らく、ずっと大きな勇気が必要だったのだ。やっと前に踏み出せそうだったのに。何もかもが遅かったのかもしれない。

ああ、せめて。もう一度、もう一度だけ。あの夜に戻ってくれれば。

僕は、きっと。

きっと——。

そして長くて短い、最後の夜が終わりを遂げた。

第九幕　夜もすがら青春噺し

背中に大量の寝汗を掻いて、息苦しさに僕は目を覚ました。視界の先には、木目が人の顔の模様をした天井が広がっていた。僕は毛布を蹴り飛ばして、急いで上半身を起こす。慌てて周りを見るが、なんの変哲もない僕の部屋がそこにあった。

まさか、死んだら自分の部屋が〝天国でした〟というようなオチとは言わないだろうな。自分の考えに震えつつ、僕は落ち着かないまま時間をひとまず確認した。どれどれ。

一月二十二日、十八時半。

「え……」

あの魔の二十一時より、二時間半ほど前だ。僕は目を擦り、眼鏡をかけ直しながら今一度時刻を確認した。やはり十八時半で間違いない。

これはどういうことだろうか。今まではずっと外だったというのにあの人もいない。まさかこれは。最後を楽しめという、神のお告げだろうか。

「この時間はいわばロスタイム。本来ならば存在し得た時間なのだ。謳歌したまえ」

とでも言いかねない。僕はスマホの時間を確認しながら、徐にメッセージを開いた。
《千駄ヶ谷くん、こんばんは。今夜、お時間ありますか？》
《はい、大丈夫です》
《お話ししたいことがあるんです。二十一時頃、お会いしましょう》
見覚えのある過去のやり取りに、僕は心臓が一気に冷えてしまった。なるほど。やはりそうなのかもしれない。いわばカウントダウンのように、わかりやすく迫りくる終焉に向かって時を過ごさねばならぬということらしい。
「は……」
失笑にも似た乾いた声が出た。僕は結末を変えることができなかった。過去に戻る度、自分が成長している気がしていた。少しずつでも何かが変えられているような、そんな気がしていたのに。
「ダメだったのか……」
頑張れば、いろんなことが変えられるのだと知った。小さなことでも、僅かな言動でも、ちょっとずつ変化をもたらすことができた。そんなことを今さら知って、随分と勿体ないことをしてきた人生だと思った。
ほんの少しの勇気と、前向きな心で好きな人の笑顔だって引き出せるというのに。

知れば知るほど悔しくなる。彼女と僅かな時間を過ごすことさえ、今までずっと難しいと思い込んでいた。しかし複雑に考える必要などどこにもなかった。僕は自分が臆病なだけだったのだ。自分が嫌われることがただ怖かっただけだった。

僕は自分のクローゼットを漁った。夜の下で見る雪のような色をしたコートは僕の一張羅だった。あの日と同じ格好をして、僕は様々な準備をした。

誕生日おめでとう、という親からのメッセージにすぐに返しておいた。そんなことをあの時はしなかったのに、今はしておいた方がいいと思った。

スマホを一度床に置き、靴の紐を縛る。なんだか訳もなく喉の奥が苦しかった。

「ふう……」

大きく息を吐いて、僕はポケットの中にあの〝オーナメント〟をお守りのように忍ばせた。玄関をゆっくりと開けると外気が押し寄せてきて、肌に貼りつくような寒さに、身を震わせた。僕の口からは、数秒も経たぬうちに白い息が零れる。

今日の夜は冷え込むらしい。そんな天気予報は当日何度も見たのに、今一度スマホで確認した。なんでもないことを、同じようにしてしまう。

わざとかと言われたらわざとだった。だが、それ以外することがない。

電車に乗りながら、僕は目に焼きつけるように窓から外の景色を眺めていた。

改札を出て、そのまま左に歩けば歩道橋がある。その下を潜り、線路沿いをひたすらに歩いていくと、見覚えのある土手が視界の端に見えてくる。

さらに遠くにあるけれど、ここからはあの佳月橋の影だけが見えた。

あそこから何度、あの人に落とされたことか。思い出しただけでも、肝が冷える。命綱がない状態でバンジージャンプをするようなものだった。

懐かしいような、ついさっきの出来事のような。そんな曖昧な記憶の中、僕は思い出し笑いをするように「は……」と息を吐いた。

申し訳ないことをしたな、あの人には。

僕はどのタイミングでこの世からいなくなるんだろう。朝になる前にいなくなるのだとしたら、やり残したことを整理しなくては。

今にも雪が降りそうな天を仰いだその時、突風が吹いた。冬の風はやはり冷たくて、僕は身体を温めるように肩を擦った。その時だった。

後ろで、砂利を踏みしめる音がした。

はっとして振り返ると、目の前には春町さんがいた。まるで全ての時間が元通りになったかのように、あの夜と同じように、咄嗟に自分のスマホを漁った。時刻を確認して僕は察した。何もかも、全部、全部。元通りだった。

それは、よく晴れた冬の夜のこと。

目の前には黒髪ボブの、美しい女性が一人。僕の前に佇んでいる。

「千駄ヶ谷くん、もう着いていたんですね」

どこか、緊張しているようなその様子に、僕もまた身体が硬直していた。やはり運命の強制力とは侮れない。

「あの、私……千駄ヶ谷くんにお伝えしたいことがあって……」

あの日、あの時。彼女は凛とした表情をしていた。しかし、少しだけ自信がなさそうで、しどろもどろなのは、やはり過去を少なからず変えてしまったからだろうか。なんて思ったのは最初だけだった。彼女は段々といつもの調子を思い出したかのように、すんと涼やかな表情で軽く呼吸を整えた。

「大事な話なんです」

頷くことすらできないと思ったのに、思いのほか「はい」とすんなり声が出る。

「千駄ヶ谷くん、私……」

「その前に、僕も伝えたいことがあるんです」

一月二十二日、時刻は二十一時を回った頃だった。

天赦日と呼ばれる今日は、一年で最上の吉日であり、二十二歳の僕の誕生日でもある。そんなおめでたい日に僕、千駄ヶ谷勝は、皮肉にも七年もの間秘めていた初恋を見事、完膚なきまでに打ち砕かれるのだろう。

全く同じタイミング、全く同じ描写で。

何も変わらなかったが、少しずつ自分のことを変えることができた。

努力する大切さを知った。勇気をもって踏み出す大切さを知った。

命を懸けて、夜を巡って、自分の気持ちも、あの人の願いも叶えることはできなかったけど仕方ない。仕方ないで済ませたくはないが、これぱかりは仕方がなかった。

人の気持ちばかりは、そう簡単には動かせない。

ありがとう僕の大好きな人。さようなら、僕。そしてすまなかった、神よ。

様々な想いが駆け巡る。呼吸が乱れて、彼女の顔がまともに見られない。それでも最後の勇気を振り絞って、僕は顔を上げた。夜空の下で見る彼女は、やはり変わらず美しい。これで最後なのか、と鼻の奥が痛くなった瞬間、「あの、千駄ヶ谷くん」と。

「やっぱり私から……」

運命の強制力か、春町さんから切り出そうとする。違う。駄目だ、それでは駄目なんだ。今日のこの瞬間が、最後なんだ。僕にとって、最後の。

チャンスとは、誰かに与えられるばかりじゃない。自分からでも、きっと引き寄せられるものだ。後悔のない明日を、未来を、目指したいんだろう。僕は！

「春町亜霧さん！」

拳を握り、僕は叫ぶように声を張り上げて震えた足をその人に向かって踏み出した。

コートから出た、細く冷たい手をとって僕は僕自身が誤魔化せないようにその顔を見つめた。驚いて見開くその宝石のような目に、僕がきちんと映る。

緊張と、恥ずかしさで、とんでもない顔をしている自信はあった。それでも。

ずっと、ずっと、

「っ、す」

夜を巡って、

「っ、好きだっ！！！」

君に言いたかった言葉がある。

「春町さん、僕は君が好きだ！　七年間、ずっと、ずっと恋をしてた！」

こんなこと言われても、今更だって、彼女は思うかもしれない。

いや、きっと思っているだろう。

「芯を持って夢を語る君が好きだ！　ちょっと不安がって、弱気な君が好きだ！　だけど目的を持って信念がある君が好きだ！　見た目はクールだけど、実は熱くて口下手なのも可愛いと思う！　気持ち悪いって思うかもしれないけど、僕は君がいたからこの大学を選んだんだ……演劇なんてできもしないのにサークルにも入った！　ずっと、話すきっかけが欲しかったんだっ」

ああ、引かれているかもしれない。こんなに必死で、気持ちが悪いようなことを言って彼女を困らせて、ただただみっともない。わかっているけど、これが最後だと思うと、どうしても伝えておきたかった。

「僕と君は正反対で、何もかもが不釣り合いで、僕なんかが隣に立つのもおこがましいとずっと思ってた、だけど……君を知れば知るほど、僕はいろんな世界を知った」

春町さんといると世界が鮮やかに見える。この人を好きになってよかったと思える。

「後悔だってしたし、自信がなくなる時もあった。だけどその分、大切なことをたくさん学べたんだ」

努力は大事だし、報われないかもしれないけど無駄にはならない。

間の悪さはあるけど、勇気を出さなければよかっただなんて一度も思わなかった。

「君だから、僕が恋した相手が春町さんだったから、僕は今、ここに立ててるんだ！」

顔から火が噴き出しそうなほど恥ずかしかった。でも、せき止めていた感情が、気持ちがとめどなく溢れていく。

「僕は、この世で一番、君のことが好きだ！」

気づけばぽろぽろ、と涙が止まらなかった。感情が迷子だった。

みっともなく、それでも今、この瞬間だけは世界で一等暑苦しい想いを語っていた。

こんなに人を好きになって、相手に気持ちを伝えることははじめてで、緊張やら何やらで今にも声が裏返りそうだった。引かれている。絶対に。確実に。

僕は一度深呼吸をして、天を仰いだ。ここに至るまで幾度も自分の味方をしてくれていた満天の星が、かわらず僕を見下ろしている。

そんな夜空に勇気を貰って、今一度彼女を見下ろせば、弾けた涙が眼鏡について、視界がさらに悪くなった。

「……だけど、だからこそ……君には僕の気持ちを上回るくらい幸せになってほしいんだ……」

「……」

「東堂はいい奴、だから」

さようなら、春町さん。さようなら、僕の初恋。

うっと嗚咽が出てきた。眼鏡をとり、袖で顔を思いっきり拭った。

情けない。酷くみっともない姿を見せてしまった。潔さくらい身につけておくべきだった。僕は自分に嘲笑いそうになりながら、彼女を見た。

どんな顔をしているかわからなかったが、きっと怪訝な顔をしているに違いないと思い、僕はそっと手を離そうとした。

「きっと君を幸せにしてくれるよ。だから、」と、そこまで言いかけて、握っていた左手に違和感を覚えた。

ない。あの時あったはずの、あの。

「あれ、春町さん……指輪は？」

今一度眼鏡をかけて、顔を上げれば、春町さんの肩が小刻みに揺れていることに気がついた。気づけば彼女はぼろぼろと涙を流し、僕の方へ向き直っていた。

「っなんの、ことですか」

「……え、」

彼女は空いていた右手で、自分の顔を覆った。ぽたぽたと綺麗な輪郭をなぞって、涙が地面に向かって落ちていった。同時に、腰に入れていたスマホが震えていた。見れば、たくさんの着信が入っている。相手は東堂だった。

『……あーやっと出たな、お前』

東堂の電話に出て、僕は「え、東堂？」と素っ頓狂な声を上げた。

『あのさぁ、そこに亜霧さんいる』

「え、うっ、うん……」

右手は泣きじゃくる春町さんに握られている。

『ああ、じゃあ聞いた？』

聞いた、とは過去に何度も聞いた〝結婚します〟宣言のことだろうか。

「いや、なんか、まだ……」

『え……？　そっか、おかしいな……』

東堂までも困惑している。僕は春町さんを横目で見て、迷った末「その……」と小さな声で続けた。

「東堂……ごめん。僕、その、勢いで告白……してしまって、春町さんに」

『………』

「迷惑かけた。許してくれなんて言わない、本当に申し訳ない……」

東堂は怒るだろう。ふざけるな、なんてことを言ったんだ。けれど返ってきたのは『なんだ、お前から言ったのか』と予想外のものだった。

「……は？　どういうこと？」

『亜霧さんから何も言われてないなら、俺の口からは言えないな』

「えっ……待って、お前ら、結婚、するんだよな？」

　さらに小声にして確認するように訊けば僕の声のボリュームとは裏腹に『はあ⁉』と東堂の大きな声が聞こえた。

『なんでそうなってるんだよ！』

「いや……、えっ、違うのか？」

『お前どっかに頭でもぶつけたんじゃないのか？』

　僕は首を振りながら「ほ、本気でわからないんだ……」とさらに東堂へ投げかける。

『なら亜霧さんに聞いたら？　それが全てだろ』

　半ば面倒そうに言う東堂。僕が本当に頭をぶつけたとでも思っていそうだ。

「どうなってるんだ……」

『まあ、せいぜい悩め。俺はお前に助言する気はありません』

　少しだけ揶揄うように言って、スマホ越しに困惑し続ける僕を笑ったあと、『ま、今日の感想は今度聞かせて』と東堂が続けた。

「感想って……」

『ああ、それから。誕生日おめでとう、勝』

「………」

やけに優しい声で言われて、僕は暫し間を空けたあと「ああ」と気が抜けたように返事をした。

東堂はそんな僕に軽く笑うと、『それじゃあ』と今度こそ通話を切った。

未だ状況が呑み込めないまま、暫くスマホを見下ろしたあと、僕はゆっくりと春町さんを見た。

彼女は涙が落ち着いたのか、洟を啜ってしおらしく「ごめんなさい」と謝った。

「私……急に泣いてしまって……」

「いえ……それであの、なんのこと……っていうのは」

「それは……千駄ヶ谷くんが、急に東堂くんの話をするから……」

「……え」

彼女の目が、また涙で濡れていく。「すみません」と指先で拭いながら、ぽろぽろと涙を落とすその姿を見つめながら、僕は瞬きを繰り返していた。

「そ、それは、つまり……」

それは、つまり。つまり、どういうことだ。ええと……ええ、っと。

状況がいまいち頭に入ってこないのは、幾度も繰り返した夜が原因だからだろうか。

それとも僕は、夢でも見ているのだろうか。

　いつからだ、いつから。

　彼女が息を整えて、顔を上げる。僕と真正面に向き合いながら、「千駄ヶ谷くん」と名前を呼んだ。月明かりがその綺麗な黒髪を縁取って、その存在を特別なものにしていく。

「わたし……」

　春町さんがようやく、その小さな口を動かす。僕は息が上がって、途端、鼻の奥がツンと痛くなった。落ち着くように吐き出した息は白くて、真冬だということを思い出す。心も、身体もこんなにも熱いのに。

「あなたに言いたいことがあるんです」

　目の表面に膜が張る。瞬きもしていないのに、僕の頬に涙が落ちていく。

「この人はどうして、私の、わたしの、一番欲しい言葉をかけてくれるんだろうって」

　彼女の震える声を聞きながら、一つ、また一つと、涙が足元に向かって弾けていく。

「落ち込んでる時も、不安で堪らない時も、なんでいつも私の背中を押してくれるんだろうって、ずっと、ずっと」

　そうずっと。夢のまた夢だと思っていた。叶わない初恋だと、思っていた。

何度も何度も諦めかけて、不出来な自分が憎らしかった。こんなことをして意味があるのか。努力をしたって勇気を出したって、無駄なんじゃないだろうかって、心のどこかで思いながらも、それでも諦めきれなかった。

あと一歩を踏み出して、こうして彼女の隣に立ってみたかった。

奇跡を、自分を、信じてみたかった。

「……千駄ヶ谷くん。私は、はじめて付き合った人とは生涯をともにしようと思ってます」

意を決したように握り返された僕の手に、温かな熱が伝わってくる。

「正直重いですよ。引き返すなら今です」

不安なのに期待して、待ち焦がれていたのにどうしようもなく緊張する。

世の中の恋をしている人はみんな、こんな気持ちを経験してきたのだろうか。

「……構いません」

構うものか。だって、何故なら。

「僕は一生、この身を君に捧げる準備はできているんです」

何故なら、僕は命を懸けて、この夜を何度も何度も駆け巡ったのだから。

覚悟なんて、今更だ。

「そう、ですか」

頷いて、僕のことを見上げる。凛とした、真っすぐな視線で僕を見つめる。

「なら私も安心して提案できます」

手を離し、僕と真正面から向き合う。

その眼差しに胸が高鳴った。

「千駄ヶ谷くん。私はあなたが好きです。結婚を前提にお付き合いしてください」

互いに泣きはらした目で。

こんな奇跡あっていいものかと。

僕は、もう一度情けなく笑って、そうして涙を流しながら。

「……はい」

春町さんはこんな時まで男前だった。

僕はさながら、プロポーズをされる側の乙女のようにこくりと頷いたのだ。

終幕

高校生の頃。同じクラスに地味な男子生徒がいた。

彼はいつもおどおどしている印象だったけれど、他人に優しく、いざという時には一歩を踏み出せるようなそんな勇敢な人だった。

私の大切な家族がいなくなった時も、一生懸命に励ましをくれた。不器用そうだけど、いい人なんだろうなってその穏やかな雰囲気で伝わってくる。

彼ともっと仲良くしてみたい。そうは思うのに、私はなかなか人と仲良くなることができない。何故なら、他人との距離感の詰め方がわからないからだ。

珠音に声をかけた理由もそれがきっかけだ。人当たりがいいので、「いろいろと教えてほしい」と言ったら「面白いね」とあっという間に私と仲良くしてくれた。

東堂くんに関しても、私の妙なところが「面白い」と言って、それからよく話すようになった。告白された時は、どうしようかと思ったけれど、何故か、彼の姿が思い浮かんで断ってしまった。

高校から含めて、七年間も傍にいた。だけど関わったのはほんの僅か。

それなのに大事な時はいつも背中を押してくれる彼の姿が、なんだか忘れられないと思っていた頃、東堂くんに気持ちを見抜かれた。大学生活もうすぐ終わりなんだから、告白してみたらと提案された時、私の中で衝撃が走った。だって、人を好きになったことは今まで一度もなかったから。これが恋だと言われたら、急に恥ずかしくなったのだ。自分の気持ちに正直になるというのはこれほど勇気がいることだとは思いもしなかった。

これはまさしく、私の初恋だった。

だから、私は大学生活、最後の勝負に出た。

社会人になったら、彼とはもう会えるかわからない。

学生とは違う。私たちは大人になる。

離れ離れになったら、きっともう、こんな機会は二度とこないだろう。

だから、全てを懸けて気持ちを伝えようと思った。

もし実らずとも、そこは甘んじて受け入れよう。

私の初恋噺しは、今日をもって終わりにするのだと。

「千駄ヶ谷くん。私――」

そう、思っていたのに。

＊

十五年ほど前のことだろうか。

その年。

とある小さな男の子がぼろぼろだったオレの御神体を綺麗にしてくれた。小さなふわふわした手で触られたのははじめてで、今でもずっと忘れずに覚えている。

離れた場所に住んでいる彼を見守るために、力を余計に使ってしまったこともある。

ようやく恋をしたと思ったら、深刻なほどの口下手でこれは目に余ると思って、同じクラスにして進学先でも彼女とさも縁があるように手伝ってしまった。

だからといって彼がそれらを上手く活用してくれたことなど一度もない。

縁を結ぶことはできても、それをしっかり繋ぎとめるのは本人の仕事だからだ。だからこそ、世の中には叶わぬ願いというものが存在している。

不器用で、臆病で、どうしようもない男。だが、とても心優しい男だった。だから君がオレを見捨てるとは思わなかった。

あの夜、君とオレが出会ったのは全てオレが世界に投げた縁が原因だけど、それを自ら結んだのは君なんだ。

オレはきっかけを作ったに過ぎない。オレを頼ろうと決めたのも、この結末を導いたのも、紛れもなく彼自身の力なのだ。

神社の取り壊しが決まった。そろそろ本格的に自分の身の行先を考えなければならないが、力もほとんど残っていない。

忘れられてしまうというのは、やはり空しいものがある。

自分を長らく信仰してくれた人なんて過去に数えるほどしかいない。

思えば彼の家族と、……あと、時折訪れてくれる、あの女の子くらいだ。

ここだけの話だが彼女は彼と一度神社を訪れたあとも何度かオレのところにやってきて、祠の手入れをしてくれた。

少年に似た、優しい子だ。

だから、そんな彼女のためにも、〝貯金〟を使って幸せを願いたいと思った。

オレたち神は恋することはないけれど、やっぱり人を愛さずにいられないのだから。

忘れられないうちに。彼らの記憶に自分が残るうちに。

精いっぱいの愛情を、君たちに捧げよう。

君たちの笑顔が、またひとつ世界を優しくするのだから。

月詠神社の取り壊し後、なくなってしまった社を惜しむ声が相次ぎ新しく建て直しが予定された。

＊

そして、その工事がついに全て終わったらしいと東堂から連絡が入り、僕は彼女と婚姻届けを出したあと、そこを訪れようと計画していた。

あれから長い時間が経ったというのに、僕らの関係にそれほど進展はない。

正直な話、今でも手を繋ぐだけで酷く緊張する。

けれど、これからも僕らなりのペースでゆっくり支え合っていけたらなと思った。

ちなみに東堂に頼んだことだが、あの人の御神体はその新しくなった神社に祀ってもらえることになった。

以前より小ぢんまりとした建物だが定期的に訪れる参拝客がいるらしく、その話を聞いた時、あの人が調子に乗って夜な夜な飲み歩く光景がすぐ脳裏に浮かんだ。

呆れながらも、僕は嬉しい気持ちになった。あの人の居場所が、またこうして誰かの手で、思いで、作られていくのだと思ったら胸が熱くなってたまらなかった。

僕は、幾度も過ごした夜を思い出しながら揚げ饅頭とお酒を持って、月見酒をすべく彼女とあの人の御神体の前に立った。

身を捨ててこそ浮かぶ瀬もあれ。

何事も、どんな窮地も。自分の命を捨てる覚悟で物事に取り組めば、危機を脱し活路を見出せる。……ああ、本当だ。本当にそうだったよ。と、僕はこの言葉を胸に、美しい夜を最愛の人とともに仰いだのだった。

きっとあの人は、今日もどこかで飲み歩いているに違いない。

美しい髪をなびかせて長い足を翻し――。

あのド派手な服で、タイトなジーンズや、勝気な顔はそのままに。

「おっちゃん、酒ー！」

僕のように、一歩を踏み出しかねている人間が、あの人と会える、そんな未来を信じて。

あとがき

この度は『夜もすがら青春噺し』をお読みいただき、ありがとうございました。

この作品のテーマは「後悔」です。勇気を出して一歩を踏み出すということは難しいと思いますが、勝にはぜひ後悔のない選択をしてほしい、そして報われてほしいと思い、このような結末とさせていただきました。「後悔」を物語で書く際は、どうしても泣き要素を入れてしまいがちなのですが、今回の作品はそういった要素を封印して、身近な日常の中でどれだけこのテーマを消化できるかを意識しました。その分、執筆当時は頭を悩ませましたが、改稿作業を経てなんとか楽しい作品に仕上げられたと思います。改稿作業をしながらできるだけ楽しく、でもじんわりと心に響くような作品作りを目指したので、そう感じていただけたなら嬉しい限りです。

物語は簡単に言えば、間の悪い男の子が夜を巡って初恋に会いに行くお話です。派手さもなければ、劇的なドラマがあるわけでもない、なんの変哲もないお話です。ですが、読み終わったあとに「いい話を読んだな」「勇気を貰ったな」と思っていただけたなら幸いです。また、タイトルにもある「夜」ですが、夜ならではの静けさだったり、夜景の煌びやかさだったりをキャラクターの背景に持ってきたいと思い、作品の軸の一つとしました。

ちなみに物語を書く際に、一番好きな過程が「キャラクター作り」なのですが、今回は特に神様と東堂のキャラクターを気に入っております。神様は美人で口調や考え方は一風変わっていながらも、大事な時にはきちんと背中を押してくれるような、そんな温かいキャラクターです。でも、ずっと寄り添っているわけでもなく、現実的な考えを持っていて、少々ドライなところも気に入っております。東堂はなんでも持っていながらも、最終的に彼女を掻っ攫われてしまう立ち位置にいたので、できるだけ高スペックな男に仕上げました。その分、勝が越えないといけないハードルが高かったように思います。彼の話は作中になかったですが、彼が幸せになる話も薄ら考えているので、機会があればどこかで執筆したいと思います。

最後に、電撃小説大賞の選考委員の皆様、編集、イラスト、デザイン、『夜もすがら青春噺し』が仕上がるまで携わってくださった多くの皆様、本当に感謝いたします。

そして改めて、読者の皆様、最後まで読んでいただき、ありがとうございました。

また楽しい作品をお届けできるよう頑張りたいと思いますので、引き続きよろしくお願いいたします。

夜野いと

<初出>

本書は第28回電撃小説大賞で《選考委員奨励賞》を受賞した『夜もすがら青春噺し』に加筆・修正したものです。

この物語はフィクションです。実在の人物・団体等とは一切関係ありません。

メディアワークス文庫

夜もすがら青春噺し

夜野いと

2022年3月25日　初版発行

発行者　青柳昌行
発行　株式会社KADOKAWA
〒102-8177　東京都千代田区富士見2-13-3
0570-002-301（ナビダイヤル）
装丁者　渡辺宏一（有限会社ニイナナニイゴオ）
印刷　株式会社暁印刷
製本　株式会社暁印刷

●お問い合わせ
https://www.kadokawa.co.jp/（「お問い合わせ」へお進みください）
※内容によっては、お答えできない場合があります。
※サポートは日本国内のみとさせていただきます。
※Japanese text only

※定価はカバーに表示してあります。

Printed in Japan
ISBN978-4-04-914236-5 C0193

メディアワークス文庫　https://mwbunko.com/

本書に対するご意見、ご感想をお寄せください。

あて先
〒102-8177　東京都千代田区富士見2-13-3
メディアワークス文庫編集部
「夜野いと先生」係

君を、死んでも忘れない。

青海野 灰

君を、死んでも忘れない。
青海野 灰
Hai Aomino
メディアワークス文庫

君は僕を残していなくなる。
僕は君を残していなくなる。

日々を無気力に生きている高校生・樹の前に現れた少女・ナナミ。自分は病気でもうすぐ死ぬ。だから"難病もの"のヒロインのように想い出を作りたい。そんな願いに付き合い始めた樹は、つまらない映画のエンドロールのようだった毎日が色彩豊かなものになっていくのを感じていた。

しかしある事件をきっかけに、樹は自分が憶えていられる日々が徐々に少なくなっていることを知る。そして"記憶の日数"がゼロになった時……。"もうすぐ死ぬ"のは彼女ではなく自分だった？

徐々に明らかになる事実があなたの認識を逆転させる、新感覚の青春ストーリー！

メディアワークス文庫

君と過ごした透明な時間

丸井とまと

あの日、わたしは《幽霊》と恋をした——。
切なさ120%の青春恋物語。

勉強もピアノも中途半端で挫折ばかりな高校生・中村朱莉は、熱心に絵に打ち込む同級生・染谷壮吾に憧れていた。遠巻きに眺めるしかない片思いの毎日。そんなある日、染谷が階段から落ち意識不明の重体で発見される。悲しみに暮れる朱莉だが、入院中のはずの染谷によく似た人物を校内で目撃してしまう。

「……俺が視えるの？」

それは幽体離脱した染谷本人だった。失われた染谷の記憶を取り戻し事故の真相を明らかにすべく、朱莉は協力を申し出ることに。ちょっと不思議な二人の透明な一ヶ月が始まる——。

魔法のiらんど大賞2020 小説大賞〈青春小説　特別賞〉受賞！

夏の終わりを告げる切ないラストに心打たれる純愛青春ストーリー。